Enid Blyton

LE CLUB DES CINQ

contre-attaque

hachette JEUNESSE

FRANÇOIS

12 ans.

L'aîné des enfants, le plus raisonnable aussi.
Grâce à son redoutable sens de l'orientation,
il peut explorer n'importe quel souterrain
sans jamais se perdre !

ANNIE

10 ans.

La plus jeune, un peu gaffeuse,
un peu froussarde !
Mais elle finit toujours
par participer aux enquêtes,
même quand il faut affronter
de dangereux malfaiteurs…

CLAUDE

11 ans.
Leur cousine. Avec son fidèle chien Dagobert, elle est de toutes les aventures. En vrai garçon manqué, elle est imbattable dans tous les sports et elle ne pleure jamais… ou presque !

DAGOBERT

Sans lui, le Club des Cinq ne serait rien ! C'est un compagnon hors pair, qui peut monter la garde et effrayer les bandits. Mais surtout, c'est le plus attachant des chiens.

MICK

11 ans.
C'est un casse-cou (un gourmand aussi !) qui n'hésite jamais avant de se lancer dans les plus périlleuses aventures.

L'édition originale de cet ouvrage a paru en langue anglaise
chez Hodder & Stoughton, Londres, sous le titre :
Five run away together

Traduction revue par Anne-Laure Estèves.
Illustrations : Auren.

Hachette Livre, 58, rue Jean-Bleuzen, 92178 Vanves Cedex.

CHAPITRE 1

Les grandes vacances

— Claude, tu ne veux pas rester tranquille deux minutes ? Tu ne peux pas savoir comme c'est fatigant de te voir entrer et sortir sans arrêt avec ce chien sur tes talons.

— Excuse-moi, maman, répond Claude en attrapant Dagobert par le collier. Ça fait trois semaines que je m'ennuie, toute seule. J'ai hâte d'être demain !

Claude Dorsel est interne dans le même collège que sa cousine Annie Gauthier. Généralement elles passent les vacances ensemble, en compagnie des frères d'Annie, François et Mick. Les quatre enfants et le chien Dagobert forment un groupe joyeux et uni qu'ils appellent le « Club des Cinq ».

Cet été, Annie, François et Mick ont passé la première partie des vacances chez leurs parents tandis que Claude est rentrée dans sa famille à Kernach.

C'est demain que ses cousins doivent enfin arriver à la *Villa des Mouettes* pour y finir les vacances. Claude les attend avec de plus en plus d'impatience.

— On va bien s'amuser, pas vrai Dagobert ? dit-elle à son chien.

— Ouah ! réplique Dagobert en léchant gaiement le genou de sa petite maîtresse.

Elle est habillée, comme à son habitude, d'un short et d'un pull-over, exactement comme un garçon. D'ailleurs, son plus grand regret est de ne pas en être un, et elle refuse systématiquement de répondre à son vrai prénom, Claudine, qu'elle trouve trop féminin. C'est pourquoi tout le monde l'appelle Claude.

— Quand je pense qu'avant, je préférais être seule ! poursuit-elle en s'adressant à Dagobert.

Le chien paraît comprendre tout ce qu'elle lui raconte.

— Quelle idiote j'étais, c'est tellement plus drôle de jouer à plusieurs !

Dagobert acquiesce d'un coup de queue

vigoureux. Il est tout aussi pressé que Claude de revoir François, Mick et Annie.

Claude descend avec Dagobert jusqu'à la plage et met sa main en visière pour mieux examiner la baie. On distingue en plein milieu, comme placée en sentinelle, une petite île rocheuse sur laquelle se dressent les ruines d'un vieux château.

— Nous te rendrons visite bientôt, ma chère île ! murmure Claude. Dago, tu te rappelles nos aventures de l'an dernier ?

Dagobert s'en souvient d'autant mieux qu'il y a pris une part active ! Il est descendu dans les souterrains du château avec les quatre enfants et les a aidés à découvrir le fameux trésor de l'île. Quelques mois plus tard, il a mis sa patte dans la main de Claude lorsque les enfants ont prononcé le serment du club qu'ils avaient décidé de fonder. Les enfants se sont juré assistance et fidélité, et Dago a crié « ouah ! » avec enthousiasme : ainsi est né le Club des Cinq.

Dago aboie joyeusement.

— Je savais bien que tu n'avais pas oublié, reprend Claude en le caressant. Je te promets qu'on retournera dans les souterrains ! Dis, tu te rappelles quand Mick est venu nous délivrer en descendant par le puits ?

En se remémorant ces souvenirs merveilleux,

Claude a encore plus hâte de retrouver ses trois compagnons.

« J'aimerais bien que maman nous laisse camper dans l'île pendant une semaine, songe-t-elle. Je ne pourrais pas rêver mieux comme vacances. Vivre enfin dans mon île à moi ! »

L'île de Kernach appartient en réalité à sa mère, mais deux ou trois ans plus tôt celle-ci en a fait cadeau à Claude. Depuis lors, elle considère Kernach comme son propre domaine.

— Il faudra penser à emporter des provisions et des couvertures, continue-t-elle à voix haute, et on pourra vivre là-bas pendant huit jours comme de vrais Robinsons.

Le lendemain, elle enfile une paire de baskets et part seule chercher ses cousins. Mme Dorsel, la mère de Claude, a renoncé au dernier moment à l'accompagner à la gare, parce qu'elle ne se sent pas très bien. Claude est d'ailleurs un peu inquiète car, ces temps-ci, sa mère se plaint souvent d'être fatiguée. C'est peut-être à cause de la température... Le début de l'été a été très chaud et le soleil n'a pas cessé de briller dans un ciel sans nuage. D'ailleurs, Claude a bronzé, et ses yeux paraissent étonnamment bleus dans son visage hâlé. Elle a fait couper ses cheveux plus court que d'habitude et il est difficile au premier coup d'œil de deviner si cette silhouette brune en short est celle d'une fille ou d'un garçon.

Quand le train entre en gare, trois paires de mains s'agitent frénétiquement à une fenêtre.

Claude est surexcitée :

— Enfin, vous êtes là !

Les trois enfants sautent sur le quai et se précipitent vers leur cousine.

— Le Club des Cinq est de nouveau au complet ! s'exclame François. Comment ça va, Claude ? Mais tu es immense maintenant !

En fait, ils ont tous grandi. Un an s'est écoulé depuis leur grande aventure dans l'île de Kernach. Même Annie, la plus jeune des quatre, a perdu son air de bébé, ce qui n'empêche pas les autres de la taquiner. Elle manque renverser Claude en lui sautant au cou pour l'embrasser. Elle s'agenouille ensuite pour caresser Dagobert, fou de joie de revoir ses amis. Le tapage est étourdissant, car tous parlent en même temps, et Dago aboie sans arrêt.

— On a cru que le train n'arriverait jamais !

— Dago, tu n'as pas changé d'un poil !

— Ouah, ouah !

— On va passer des vacances formidables !

— Au fait, maman est désolée de ne pas avoir pu venir vous chercher, elle est malade.

— Ouah, ouah, ouah !

— Tais-toi un peu, Dago. Attention, tu vas déchirer mon blouson. Oui, tu es un bon chien et je suis content de te retrouver.

— Ouah !

Tout en bavardant gaiement, les enfants s'approchent de la station de taxi. Ils hèlent une voiture suffisamment grande pour y tenir tous les cinq et entassent leurs bagages dans le coffre. Aussitôt à l'intérieur, les Cinq reprennent leur bruyante discussion.

— J'espère que ta mère n'a rien de grave. dit François qui aime beaucoup sa tante Cécile.

— C'est la chaleur qui la fatigue un peu, je crois, répond Claude.

— Et oncle Henri ? lance Annie. Il est de bonne humeur en ce moment ?

Les trois enfants ne se sentent pas très à l'aise avec le père de Claude. Ils redoutent ses accès de colère et, même s'ils ont toujours été très bien accueillis par lui, ils savent qu'il n'aime pas trop être dérangé par leurs jeux bruyants.

— Papa va bien, dit gaiement Claude, mais il est un peu inquiet à cause de la santé de maman. Dès qu'elle attrape le moindre rhume, il est bouleversé. Autrement dit, il vaut mieux être prudent. Vous savez comment il est quand tout ne va pas comme il veut.

Les trois autres sont bien de cet avis, mais

même l'idée de leur oncle grognon ne réussit pas à amoindrir leur enthousiasme. Après tout, ils sont en vacances au bord de la mer, un nombre incroyable d'amusements les attend, et c'est tout ce qui compte !

— Est-ce qu'on ira sur l'île ? demande Annie. La mer est assez calme en ce moment, qu'est-ce que tu en penses, Claude ?

— Bien sûr, réplique sa cousine, avec un air malicieux. Et je crois que j'ai une idée qui va vous plaire... Que diriez-vous de camper là-bas pendant une semaine ? On est grands maintenant, maman nous donnera sûrement la permission.

— Huit jours tout seuls sur ton île ! s'exclame joyeusement Annie. C'est presque trop beau pour être vrai.

— Sur *notre* île ! rectifie Claude. Tu n'as quand même pas oublié que je l'ai divisée en quatre pour qu'on ait chacun notre part ? Je n'ai pas changé d'avis depuis les dernières vacances, tu sais.

— Et Dagobert alors ? dit Annie. Il y a droit, lui aussi. Coupons l'île en cinq, ce sera plus juste.

— Il pourra prendre ma part, répond Claude.

Au même moment, juste après un virage, la baie scintillante apparaît aux yeux des enfants.

— Voilà l'île de Kernach ! reprend Claude.

J'ai tellement hâte d'y aller. Je n'ai pas encore pu le faire parce que mon bateau était en cours de réparation.

— On ira tous ensemble, dit Mick. Je me demande si les lapins sont toujours aussi téméraires !

— Ouah ! jappe aussitôt Dagobert.

Le seul mot de « lapin » suffit à le transporter de joie.

— N'y songe pas une seule seconde, Dagobert ! dit Claude. Tu sais parfaitement que je ne te laisserai jamais toucher à un seul lapin de l'île.

Les oreilles du chien retombent aussitôt, et il lance à Claude un regard déçu.

C'est là leur seul point de désaccord : Dago est fermement convaincu que les lapins de l'île sont faits pour être pourchassés, tandis que Claude passe son temps à lui démontrer le contraire.

Bientôt, la voiture s'arrête devant la clôture de la *Villa des Mouettes,* où habitent les parents de Claude.

Une femme à l'air revêche vient les aider à décharger leurs valises. Les enfants ne l'ont jamais vue auparavant.

— Qui c'est ? demandent-ils à voix basse.

— La nouvelle cuisinière. Maria est allée voir

sa mère qui s'est cassé la jambe. Alors maman a engagé Mme Friot.

— Elle est tout le contraire de Maria... commente François avec malice. On dirait un squelette. J'espère qu'elle ne va pas faire de vieux os ici et que Maria va vite revenir. Elle aime beaucoup Dago...

— Mme Friot a un chien, elle aussi. Un horrible roquet tout pelé. Dago ne le supporte pas.

— Où est-il ? demande Annie en regardant autour d'elle.

— Il passe tout son temps dans la cuisine. Dago n'a pas le droit d'y entrer, et c'est aussi bien, parce que je suis sûre qu'il ne ferait qu'une bouchée de cet avorton. Ce qui est drôle, c'est que Dago monte la garde devant la porte en reniflant pour essayer de deviner ce qui se passe à l'intérieur. Ça rend Mme Friot folle de rage.

Les autres éclatent de rire. Ils entrent maintenant dans la maison et les trois cousins vont dire bonjour à leur oncle et à leur tante.

Ils trouvent Mme Dorsel étendue sur le canapé.

— Bonjour les enfants, dit-elle en souriant, vous avez fait bon voyage ? Je n'ai pas pu aller vous chercher, je suis désolée. Votre oncle est parti se promener. Montez déposer vos sacs dans les chambres, et ensuite, vous pourrez aller goûter.

Les garçons reprennent possession de leur chambre avec joie. De la fenêtre on aperçoit toute la baie. Annie partage toujours la même petite chambre avec sa cousine. Tous sont heureux d'être de retour à Kernach et se promettent de passer de belles vacances avec Claude et le brave Dagobert.

CHAPITRE 2

La famille Friot

Le lendemain, les rayons du soleil inondent la chambre quand les enfants se réveillent.

— Si on se baignait avant le petit déjeuner ? propose François en enfilant son maillot de bain. Tu viens, Mick ?

— Bonne idée ! Appelle les filles !

Ils descendent en file indienne jusqu'à la plage. Dagobert, haletant de joie, ferme la marche. Il se jette dans l'eau et se met à nager vigoureusement aux côtés des enfants. Tous se débrouillent très bien, mais François et Claude sont de loin les plus agiles.

Les quatre compagnons se précipitent ensuite sur leurs serviettes de bain et se sèchent en vitesse avant de remonter vers la maison, affamés. Mais, en s'approchant de la *Villa des Mouettes*, Annie aperçoit avec surprise un jeune garçon dans le fond du jardin.

— Tiens, qui c'est ?

— C'est Éric, le fils de Mme Friot, répond Claude. Je ne l'aime pas. Il passe son temps à dire des bêtises en tirant la langue.

Éric chantonne au moment où les enfants arrivent devant le portail de la maison. Annie s'arrête pour l'écouter.

Claude est une idiote,
Claude, pauvre cloche...

... fredonne Éric d'une voix grinçante. Il doit avoir treize ou quatorze ans et il a l'air à la fois stupide et sournois.

Claude devient rouge de colère.

— Il chante toujours ça. Et il se croit intelligent. Il me tape sur les nerfs !

François crie à Éric :

— Hé, toi là-bas ! Tais-toi, tu n'amuses personne.

— *Claude est une idiote...* reprend aussitôt Éric avec un sourire mesquin. Mais quand François s'avance d'un pas vers lui, Éric détale instantanément en direction de la maison.

— Avec moi, il n'est pas près de recommencer cette petite plaisanterie, déclare François. Comment est-ce que tu as fait pour ne pas le réduire en bouillie, Claude ? Où est passé ton mauvais caractère ?

— Oh ! Il est toujours là. Je bous de rage quand je l'entends répéter ces idioties, mais je me retiens. Si je m'en prends à Éric, Mme Friot s'en ira et maman sera obligée de faire tout le travail de la maison toute seule, alors qu'elle est beaucoup trop fatiguée pour ça. Elle ne va vraiment pas bien depuis quelque temps. Alors je serre les dents en espérant que Dagobert n'aura pas la mauvaise idée d'aller planter ses dents dans les mollets de cet imbécile.

— Ça, c'est une excellente résolution ! s'exclame François avec admiration, car il connaît le tempérament de sa cousine et sait à quel point elle a du mal à se maîtriser.

— Je vais demander à maman si elle veut prendre son petit déjeuner au lit. François, retiens Dago, s'il te plaît. Il ne faudrait pas qu'il saute sur Éric.

François saisit Dagobert par le collier. Pour l'instant, l'animal reste parfaitement immobile, le nez en l'air comme s'il cherchait à identifier une odeur.

Soudain, un chien maigrichon apparaît à la

porte de la cuisine. Son pelage blanc sale semble avoir été arraché par plaques ou mangé par les mites.

Dago lance un aboiement triomphal et bondit. Surpris, François lâche prise.

Dago se précipite avec entrain sur l'autre chien qui glapit de terreur et tente de regagner l'abri de la cuisine.

— Dago, ici ! Reviens tout de suite ! crie François.

Mais Dago ne l'écoute pas : il tente par tous les moyens de croquer les oreilles de son adversaire. L'autre hurle, et Mme Friot jaillit de la cuisine, une casserole à la main.

— Rappelez cette sale bête ! lance-t-elle d'une voix perçante en brandissant son arme.

Elle vise Dago, qui esquive le coup, et l'ustensile atteint son propre chien, qui se met à japper de plus belle.

— Vous êtes folle ? s'écrie François, vous allez blesser les chiens. Ici, Dag, ici !

Éric survient à son tour, le visage décomposé. Il ramasse plusieurs cailloux et s'apprête à bombarder Dagobert.

— Lâche cette pierre ! hurle Annie.

M. Dorsel surgit en pleine bagarre, furieux.

— Qu'est-ce que c'est que ce vacarme ?

Claude sort alors de la maison en courant

pour se précipiter au secours de son bien-aimé Dagobert, et agrippe son collier pour essayer de l'entraîner à l'écart.

— Ne reste pas là, Claude ! crie son père. Si tu crois qu'on peut séparer deux chiens qui se battent comme ça. Où est le tuyau d'arrosage ?

Il est branché juste à côté. François tourne le robinet et dirige le jet vers les deux chiens qui reculent aussitôt, suffoqués.

Apercevant Éric non loin de là, François ne peut résister à l'envie de faire dévier légèrement le jet. Trempé, le gamin pousse un hurlement et court se réfugier à l'intérieur de la maison.

— Ah ! c'est malin ! grogne l'oncle Henri. Claude, attache Dagobert immédiatement ! Madame Friot, je vous ai déjà demandé de tenir votre chien en laisse. Que ce genre d'incident ne se reproduise plus. Et tant que nous y sommes, est-ce que le déjeuner est prêt ? Non ? En retard, comme d'habitude !

Mme Friot, l'air vexé, bat en retraite dans sa cuisine, escortée de son chien ruisselant. Claude enchaîne Dagobert à regret. Il se couche dans sa niche en regardant sa maîtresse d'un air triste.

— Je t'avais bien dit d'ignorer ce chien galeux, murmure Claude d'un ton sévère. Tu vois ce que tu as fait ? Tu as mis papa de mauvaise humeur pour toute la journée, et Mme Friot va probablement se venger en ne préparant pas de goûter.

Dago gémit et pose sa tête sur ses pattes.

— Je suis désolé d'avoir lâché Dago, dit François à Claude en se mettant à table, mais il a failli m'arracher le bras. Il a une de ces forces !

— Oui, répond Claude avec fierté. Il ne ferait qu'une bouchée de ce sale cabot. Sans parler d'Éric.

— Qu'il avale aussi Mme Friot, lance Annie, on sera bien débarrassés !

Le petit déjeuner se déroule dans un silence presque complet. Tante Cécile est restée au lit et oncle Henri est de tellement mauvaise humeur que les enfants n'osent prononcer le moindre mot.

Mme Friot apporte un pot de confiture qu'elle jette plus qu'elle ne le pose sur la table.

— Vous ne pouvez pas faire moins de bruit ? s'insurge M. Dorsel.

Mme Friot, un peu effrayée par l'oncle Henri, ne répond pas. Elle sort avec les tasses vides sur la pointe des pieds.

— Quels sont vos projets pour aujourd'hui ? demande l'oncle Henri après avoir terminé son déjeuner.

Sa colère est retombée et il commence à trouver un peu triste cette tablée d'enfants muets.

— On pensait aller pique-niquer, répond Claude. J'en ai parlé à maman. Elle est d'accord, si Mme Friot veut bien nous préparer des sandwiches.

— Je n'ai pas l'impression qu'elle soit disposée à faire grand-chose ! réplique l'oncle Henri sur le ton de la plaisanterie. Mais vous pouvez toujours le lui demander.

Il y a un silence. Personne n'a envie d'affronter Mme Friot, même pour obtenir des sandwiches.

— Si seulement elle n'avait pas amené Fléau, commente Claude d'un air sombre, tout serait plus facile.

— Fléau ? C'est le nom de son fils ? demande M. Dorsel, surpris.

— Oh ! non ! Remarque, ça ne lui irait pas mal, c'est une vraie peste ! Je parlais de son chien. Il s'appelle Théo, mais je trouve que Fléau lui va comme un gant. Il ne fait que des bêtises et en plus, il empeste !

— Ce n'est pas très gentil comme surnom, reprend l'oncle Henri, alors que ses neveux éclatent de rire.

— Non, bien sûr, mais ce n'est pas non plus un gentil chien.

Finalement tante Cécile arrive à convaincre

Mme Friot de s'occuper des sandwiches. Celle-ci accepte à contrecœur.

— Si j'avais su que je devrais m'occuper de trois enfants de plus, je ne serais pas venue, dit-elle d'un ton sec.

— Je vous avais prévenue de leur arrivée, madame Friot, répond patiemment tante Cécile. J'aurais bien préparé le pique-nique moi-même, mais je me sens vraiment trop fatiguée. Vous voulez bien faire un effort pendant encore quelques jours ? Si je ne vais pas mieux dans une semaine, je demanderai aux enfants de vous aider, mais pour l'instant, je veux qu'ils puissent profiter d'au moins huit jours de vraies vacances.

Les enfants obtiennent donc leurs sandwiches et se mettent en route. En sortant, ils rencontrent Éric qui arbore son habituel air perfide.

— Je peux venir avec vous ? dit-il. On pourrait ramer jusqu'à l'île, je la connais bien.

— Menteur ! rugit aussitôt Claude. Il n'est pas question que je t'emmène. C'est mon île, compris ? *Notre* île, je veux dire. On ne te laissera jamais y mettre les pieds !

— Ça m'étonnerait qu'elle soit à vous, riposte Éric, vous inventez ça pour me faire enrager !

— Il ne sait pas de quoi il parle, reprend Claude en haussant les épaules avec dédain.

Venez, vous autres ! Ce n'est pas la peine de perdre notre temps avec lui.

Ils partent donc en laissant Éric planté là, furieux. Dès qu'ils sont à bonne distance, il entonne le refrain ironique :

Claude est une idiote,
Claude, pauvre cloche,
N'a aucune jugeote.

François se retourne déjà pour aller régler son compte à l'impertinent, mais Claude le retient.

— Laisse-le, sinon il ira raconter des histoires à sa mère et elle voudra s'en aller. Mais on aura notre revanche sur cette espèce d'épouvantail boutonneux. Je le déteste.

— Ouah, ouah ! lance Dagobert.

— Dagobert dit qu'il ne supporte plus Fléau avec sa queue maigrichonne et ses petites oreilles pelées, traduit Claude.

Ses cousins éclatent de rire. Cet accès de gaieté remet tout le monde de bonne humeur. Le petit groupe est bientôt hors de portée de voix d'Éric et de ses refrains idiots qui sont vite oubliés.

— Allons voir si ton bateau est prêt, suggère François. Et après, c'est parti pour l'île !

CHAPITRE 3

Une nouvelle bouleversante

Le bateau de Claude n'est pas encore prêt. Le peintre est en train de passer la dernière couche de peinture. Bientôt, la petite embarcation aura fière allure car sa propriétaire a choisi une belle couleur rouge vif pour la coque et les rames.

— Est-ce qu'on pourra quand même le prendre cet après-midi ? demande Claude à l'ouvrier.

Il secoue la tête.

— Sûrement pas ! À moins que vous ne vouliez repeindre vos vêtements en rouge aussi ! Il ne sera pas sec avant demain.

— Eh bien, on attendra demain pour aller sur l'île, alors ! dit François. Aujourd'hui, on n'a qu'à déjeuner au bord de l'eau et faire une promenade.

Ils s'installent sur le sable sec en compagnie de Dagobert, qui mange à lui seul presque la moitié de leurs provisions. Les sandwiches ne sont pas fameux. Le pain est rassis et il n'y a pas suffisamment de beurre. Mais Dago ne fait pas le difficile. Il avale vaillamment sandwich après sandwich en agitant la queue tellement vite que le sable vole en nuage.

— Dag, s'il te plaît, si tu veux secouer ta queue comme ça, sors-la au moins du sable ! s'écrie François après avoir été aspergé pour la quatrième fois.

En entendant son nom, Dagobert frétille encore. À nouveau, le pauvre François se retrouve arrosé de sable, ce qui provoque l'hilarité générale.

— On va se promener ? propose Mick en se levant d'un bond. J'ai des fourmis dans les jambes ! De quel côté on va ?

— On pourrait aller sur la falaise. Comme ça, on verrait l'île tout le temps, suggère Annie. Est-ce que l'épave est toujours là, Claude ?

Claude hésite un instant. Cette épave, échouée au fond de la mer, a été soulevée sur les récifs de l'île au cours d'une violente tempête et y est restée accrochée depuis. L'année dernière, les enfants se sont amusés à l'explorer et y ont découvert une carte du château où était indiqué l'emplacement d'un trésor.

— Vous vous rappelez quand on a trouvé ce vieux parchemin ? dit François, les yeux brillants. Et quand on a cherché les lingots d'or ? L'épave doit être en très mauvais état maintenant...

— Je crois qu'elle résiste encore. Mais de toute façon elle est de l'autre côté de l'île, et on ne peut pas l'apercevoir d'ici. On pourra vérifier demain.

— Bonne idée, conclut Annie. Pauvre vieux bateau. Je me demande s'il supportera encore un hiver.

Ils se promènent sur la falaise avec Dagobert qui gambade devant eux en éclaireur. De loin, les enfants contemplent les ruines du château qui se détachent nettement sur l'île et la mer.

— Ce serait vraiment amusant de camper là-bas, dit Annie. Claude, tu en as parlé à ta mère ?

— Oui. Elle a dit qu'elle verrait.

— Ce n'est pas bon signe. En général, quand les grandes personnes répondent ça, c'est qu'elles ne sont pas d'accord, mais préfèrent ne pas le dire tout de suite ! remarque Annie.

— Moi, je suis sûre qu'elle nous laissera y

aller, dit Claude. François va avoir quatorze ans, et Mick et moi, on le suit de près. Il n'y a que toi qui sois petite, Annie.

Annie réagit avec indignation :

— Je ne suis pas *petite* ! Ce n'est pas ma faute si je suis née plus tard. Et puis j'ai quand même presque douze ans !

— Ne te fâche pas, bébé ! dit François en la taquinant. Regardez, s'écrie-t-il tout à coup. Qu'est-ce qu'il y a là-bas sur l'île ?

Chacun se tourne vers l'îlot. Claude pousse un cri de surprise :

— Mais c'est de la fumée ! Il y a quelqu'un sur mon île !

— Sur *notre* île, tu veux dire, corrige Mick malicieusement. La fumée vient sûrement d'un bateau qui se trouve derrière l'île. De toute façon, personne d'autre que nous ne sait comment aborder dans la crique.

— Je suis sûre que quelqu'un s'est introduit sur l'île, commence Claude d'une voix troublée par l'émotion. Si quelqu'un a eu ce culot, je... je... je...

— Tu exploses ! termine Mick d'un ton moqueur. Et après, on aura beaucoup de mal à te réparer ! Regarde, on ne voit plus rien. À mon avis, ça devait venir de la chaudière d'un bateau.

Tous quatre surveillent l'île de Kernach pendant un moment, mais la fumée ne reparaît plus.

— Si seulement mon bateau était prêt, dit Claude nerveusement, je pourrais aller voir tout de suite ce qui se passe. J'ai bien envie de le mettre à l'eau quand même. Tant pis pour la peinture fraîche.

— Ne dis pas n'importe quoi, répond François. Tu imagines la réaction de tes parents s'ils nous voient revenir avec des vêtements pleins de peinture rouge ? Ce sera notre fête. Allez, oublie ça.

Claude se résigne. Elle espère voir un navire surgir de derrière l'île, mais rien ne se montre.

— Il a peut-être jeté l'ancre juste de l'autre côté, suggère Mick au bout d'un moment. Continuons, sinon on va prendre racine.

— Il vaudrait mieux rentrer, je crois... objecte François en regardant sa montre. Ça fait plusieurs heures qu'on est partis.

Ils rebroussent chemin tout en surveillant constamment l'île. Des corneilles et des mouettes la survolent, mais il n'y a plus le moindre filet de fumée.

Les enfants atteignent finalement la maison. En entrant dans le salon, ils ont la surprise d'y trouver Éric en train de feuilleter un des livres de François.

— Qu'est-ce que tu fais là ? dit François. Et qui t'a permis de toucher à mes affaires ?

— C'est pas défendu de lire, si ?

— Attends que mon père te voie ici ! dit Claude, pâle de rage.

François observe Éric avec curiosité. Il ne comprend pas pourquoi le garçon se montre tout d'un coup aussi insolent.

— Où est ton père, Claude ? dit-il. Il faudrait le prévenir.

— Vous pouvez toujours l'appeler, réplique Éric toujours vautré sur le canapé et feuilletant le livre de François avec une mollesse exaspérante. Allez-y. Il ne viendra pas de toute façon.

— On peut savoir pourquoi tu dis ça ? demande Claude soudain inquiète. Où est ma mère ?

— Mais tu n'as qu'à l'appeler aussi, si tu en as envie, rétorque le gamin d'un air mauvais.

Les enfants se regardent, mal à l'aise. Que se passe-t-il ? Claude monte quatre à quatre jusqu'à la chambre de sa mère en criant :

— Maman, tu es là ?

Il n'y a personne en haut. Le lit de sa mère n'a pas été refait, mais il est vide. Claude inspecte les autres chambres en continuant à appeler ses parents d'une voix angoissée.

Elle n'obtient aucune réponse et redescend, livide.

Éric ricane :

— Je vous avais bien dit que vous pouviez les appeler, mais qu'ils ne viendraient pas !

— Où sont-ils ? Vite !

— Trouvez-les vous-mêmes.

Une gifle retentit et Éric se lève d'un bond en se tenant la joue gauche. C'est Claude qui vient de la lui assener de toutes ses forces. Éric lève la main pour la lui rendre, mais François s'interpose :

— On ne frappe pas une fille ! Si tu veux te battre, je suis là !

— Je suis parfaitement capable de régler mes comptes moi-même ! crie Claude en essayant d'écarter François. Pousse-toi de là, que je lui casse la figure !

Mais François ne bouge pas. Éric commence à battre en retraite vers la porte... où il trouve Mick qui lui barre le chemin.

— Une minute, s'il te plaît ! lance Mick. Avant de partir, dis-moi où sont mon oncle et ma tante.

Dagobert gronde soudain d'une manière tellement menaçante qu'Éric tressaille. Les dents découvertes et le poil hérissé, Dago est effrayant.

— Retenez votre chien ! balbutie Éric. Il veut me sauter dessus !

François pose la main sur le collier de Dag.

— Couché, Dago. Maintenant, Éric, si tu ne nous dis pas tout de suite ce que tu sais, tu risques de le regretter.

— Oh, mais je n'ai pas grand-chose à dire, marmonne Éric.

Il regarde Dagobert, puis Claude.

— Ta mère s'est sentie plus mal tout d'un coup. Le médecin est venu et ensuite on l'a emmenée à l'hôpital et ton père l'a accompagnée.

Claude se laisse tomber sur le canapé. Elle est devenue blême.

— Oh non, maman ! Je n'aurais pas dû sortir aujourd'hui. Comment est-ce que je vais savoir ce qui s'est passé ?

Éric profite de l'émotion générale pour s'esquiver. Les enfants échangent des regards désolés.

— Ton père a sûrement laissé un mot pour nous, dit François en inspectant la pièce.

Il aperçoit une enveloppe placée contre la glace. Elle est adressée à Claude.

— Lis vite, Claude ! supplie Annie.

CHAPITRE 4

Déclaration de guerre

Claude lit la lettre à haute voix. Elle n'est pas très longue et a visiblement été écrite à la hâte.

Ma chère Claude,

L'état de ta mère s'est aggravé. Je l'accompagne à l'hôpital et je resterai avec elle jusqu'à ce qu'elle aille mieux. Nous serons absents peut-être une semaine entière. Je téléphonerai le matin à neuf heures pour vous donner de ses nouvelles. Mme Friot s'occupera de vous quatre. Essayez de vous en tirer jusqu'à mon retour sans faire trop de bêtises.

Je vous embrasse.

Papa

— C'est affreux ! sanglote soudain Claude en enfouissant sa tête dans les coussins. Elle... elle ne reviendra peut-être jamais...

— Ne dis pas de bêtises, répond François en s'asseyant près d'elle et en l'entourant de ses bras. Ton père dit dans sa lettre qu'il y en a pour une semaine au plus. Courage ! Ça ne te ressemble pas de te laisser aller comme ça.

— Mais je ne lui ai même pas dit au revoir, murmure Claude entre deux sanglots. Je vais aller la rejoindre pour avoir de ses nouvelles tout de suite !

— Tu ne sais même pas dans quel hôpital elle se trouve, et de toute façon, tu ne pourrais pas y entrer, remarque doucement Mick.

Dagobert avance la tête pour essayer de lécher les mains de sa maîtresse. Il gémit.

— Pauvre Dago, il ne comprend rien à ce qui se passe. Il est bouleversé parce que tu pleures, Claude, murmure Annie.

Claude se redresse aussitôt. Elle se frotte les yeux et Dago lui donne un bon coup de langue sur la joue. Il paraît surpris du goût salé des larmes et tente de se hisser sur les genoux de sa jeune maîtresse.

— Mon pauvre Dag... dit Claude d'une voix douce. Allez, calme-toi. J'ai eu un choc mais je vais mieux maintenant. Ne t'inquiète pas.

Mais Dagobert reste persuadé que la fillette doit être blessée ou malade pour pleurer autant, et il continue à geindre et à la caresser avec sa patte en s'efforçant de monter sur le canapé.

François se dirige vers la porte.

— Je vais dire à Mme Friot qu'on commence à avoir faim, déclare-t-il en sortant.

Les autres le suivent d'un regard admiratif. Il faut avoir beaucoup de courage pour affronter Mme Friot.

Quand François pénètre dans la cuisine, il y trouve Éric, une joue plus rouge que l'autre, et Mme Friot, les sourcils froncés.

— Si cette gamine touche encore un cheveu d'Éric, elle va avoir de mes nouvelles ! déclare-t-elle d'une voix menaçante.

— Éric l'avait mérité, dit François. On voudrait grignoter un petit quelque chose, s'il vous plaît.

— Je crois que je ne vais rien vous donner du tout, rétorque Mme Friot.

À ce moment, son chien s'approche du jeune garçon en montrant les crocs.

— Tu as raison, Théo. Tu n'aimes pas les gens qui frappent mon petit Éric, pas vrai ? reprend Mme Friot.

Mais François n'a pas du tout peur de Théo.

— Dans ce cas, je vais me servir moi-même. Où est-ce qu'il y a du pain et du chocolat ?

Mme Friot regarde le jeune garçon fixement, et François soutient son regard sans baisser les yeux. Il n'a aucune intention de se laisser dominer par cette femme déplaisante.

Mme Friot se lasse la première :

— C'est bon pour cette fois, mais à la moindre incartade, vous pourrez dire au revoir à vos repas.

— Eh bien moi, je préviendrai la police, lance François du tac au tac.

À sa grande surprise, le visage de Mme Friot affiche tout à coup un air très inquiet.

— Allez, ne dis pas de sottises, reprend-elle d'un ton soudainement beaucoup plus aimable. Ce n'est pas la peine de s'énerver pour si peu... Je vous apporte un petit goûter dans une minute.

François sort en se demandant ce qu'il a pu bien dire pour que Mme Friot change d'attitude si brusquement. Il rejoint les autres.

— C'est bon, Mme Friot nous prépare un plateau.

Ils s'installent autour de la table basse sans beaucoup d'entrain. Claude se reproche son instant de faiblesse ; Annie est encore toute bouleversée ; François garde un air grave ; Mick essaie bien de faire quelques blagues pour remonter le moral du groupe, mais sans succès.

Dagobert est assis à côté de Claude, la tête posée sur son genou.

« Je voudrais bien avoir un chien qui m'aime autant », songe Annie.

Les grands yeux bruns de Dagobert restent constamment fixés sur Claude. La seule chose qui préoccupe le chien, c'est de toute évidence le chagrin de sa petite maîtresse.

Le goûter réconforte un peu les enfants, mais ils renoncent à retourner à la plage ensuite, afin d'être là au cas où oncle Henri appellerait pour donner des nouvelles de tante Cécile.

Ils s'installent donc dans le jardin, prêts à bondir à la première sonnerie du téléphone. De la cuisine leur parvient un refrain :

Claude est une idiote,
Elle pleure comme une chochotte,
Oh! Oh! Oh!...

François se lève et s'approche de la fenêtre de la cuisine. Éric est seul.

— Éric, viens me voir, dit François d'un ton sévère. Je vais t'apprendre une nouvelle chanson.

— On n'a plus le droit de chanter ce qu'on veut, maintenant ? réplique Éric sans bouger.

— Mais si. Viens donc chanter ta chanson devant moi !

— Pour que tu me tapes dessus ? Non merci !

— Bon, alors arrête tout de suite de fredonner ce couplet stupide ou sinon tu auras affaire à moi !

— Maman, maman ! crie Éric pris de panique.

François étend brusquement le bras et pince le nez d'Éric si sèchement que l'autre pousse un hurlement.

— Lâche bon dez ! Lâche bon dez ! Tu be fais bal ! Lâche-boi !

Mme Friot revient à ce moment dans la cuisine et fonce comme une furie sur François, qui libère sa proie, mais reste devant la fenêtre.

— Vous n'êtes que des sales garnements ! rugit Mme Friot. Vous avez bientôt fini de vous acharner sur ce pauvre Éric ?

— S'il n'était pas aussi mal élevé, il n'y aurait aucun problème, madame Friot, répond aimablement François. Mais nous ne sommes pas responsables de son éducation...

— Et maintenant vous êtes insolent ! réplique rageusement Mme Friot, outragée.

— Désolé, c'est le fait de voir Éric. Et Fléau aussi d'ailleurs.

— Fléau ! crie Mme Friot, dont la colère monte de seconde en seconde. Vous savez parfaitement qu'il ne s'appelle pas comme ça !

— Dommage, ça lui va si bien ! Quand il sera propre et dressé, nous nous souviendrons peut-être de son vrai nom, dit François en feignant la courtoisie.

Abandonnant Mme Friot à sa fureur, il rejoint les autres, qui le regardent avec curiosité. Il paraît tout d'un coup différent, déterminé, presque intimidant.

— Les amis, je crois que la guerre est déclarée, dit-il en s'asseyant dans l'herbe. J'ai tiré le nez de ce gros nigaud d'Éric et « maman » m'a vu faire. Elle va nous mener la vie dure maintenant. Je ne sais même pas si elle nous donnera à manger.

— On se débrouillera tout seuls, réplique Claude. Je voudrais bien que Maria revienne. Je déteste cette Mme Friot. Idem pour son fils et son chien !

— Quand on parle de chien... s'exclame Mick en saisissant le collier de Dagobert qui s'est mis à grogner. Mais celui-ci se dégage et file comme une flèche vers le fond du jardin, où il vient de voir surgir Fléau. Le roquet pousse un jappement de détresse et tente de s'enfuir. Trop tard... Dagobert le tient déjà solidement par la peau du cou et le secoue comme un prunier.

Mme Friot se précipite, un bâton à la main, et assaille les combattants. François bondit vers le tuyau d'arrosage, et Éric se précipite aussitôt à l'intérieur de la maison, trop inquiet d'être aspergé une fois de plus.

L'eau jaillit, et Dagobert, pris de court, lâche le petit chien apeuré qui court se cacher dans les jupes de Mme Friot.

— Je vais finir par l'empoisonner, ton Dagobert ! lance cette dernière d'un ton furieux à Claude. Cette sale bête attaque toujours mon Théo. Surveille-le, sinon tu ne la reverras pas.

Elle disparaît dans sa cuisine, et les quatre enfants se rassoient dans l'herbe. Claude est visiblement troublée.

— Tu crois qu'elle va vraiment essayer d'empoisonner Dago ? demande-t-elle d'une voix étranglée à François.

— Elle en serait bien capable, dit François à voix basse. Je crois qu'il vaut mieux ne plus quitter Dago des yeux. Et puis on le nourrira nous-mêmes.

Claude attire le chien contre elle, horrifiée à l'idée qu'on puisse vouloir le supprimer.

La sonnerie du téléphone les fait sursauter, et Dago aboie. Claude court s'emparer du combiné. En entendant la voix de son père, son cœur bat plus vite.

— C'est toi, Claude ? Vous êtes là tous les quatre ? Nous sommes partis très vite tout à l'heure, nous ne pouvions pas attendre votre retour.

— Comment va maman ?

— Nous ne serons fixés à son sujet qu'après-demain. Je vous téléphonerai le matin. Je reviendrai quand elle ira mieux.

— Oh ! papa, c'est affreux, ici, sans toi et maman, gémit la pauvre Claude. Mme Friot est invivable.

— Écoute, Claude, réplique son père avec impatience, vous êtes assez grands pour vous débrouiller seuls et vous entendre avec Mme Friot jusqu'à mon retour. Je n'ai pas le temps de m'occuper de vos jérémiades. J'ai assez de soucis comme ça.

— Tu penses revenir dans combien de temps ? Papa, je voudrais aller voir maman...

— Non, elle a besoin de repos. Je ne pense pas pouvoir rentrer avant plusieurs jours. Pour l'instant, je ne veux pas quitter ta mère. Soyez sages. Au revoir.

Claude raccroche et se tourne vers les autres.

— Nous ne serons fixés pour maman qu'après-demain, dit-elle, et il faudra supporter Mme Friot jusqu'au retour de papa, délai non précisé...

CHAPITRE 5
Rencontre nocturne

Ce soir-là, Mme Friot est de tellement mauvaise humeur qu'elle ne prépare rien pour le dîner des enfants. François va à la cuisine pour demander leur repas, mais il n'y trouve personne.

Il revient tristement vers les autres, car ils meurent tous de faim.

— Je crois qu'on est bons pour se passer de dîner ce soir, dit-il.

— On va attendre qu'elle se soit couchée, suggère Claude. Il y a certainement quelque chose à grignoter dans le réfrigérateur.

Ils se mettent donc au lit le ventre vide. François fait le guet. Quand il est certain qu'Éric et Mme Friot sont dans leurs chambres, il descend silencieusement à la cuisine. Il fait complètement noir et François s'apprête à allumer la lumière quand il perçoit un bruit de respiration. Est-ce que c'est Fléau ? Non, on dirait plutôt une respiration humaine

Surpris et un peu effrayé, François hésite une seconde, la main sur l'interrupteur. Ça ne peut pas être un cambrioleur : en général, les voleurs ne s'endorment pas dans les maisons qu'ils viennent dévaliser ! Quant à Mme Friot et Éric, ils sont à l'étage. Qui est-ce que cela peut bien être ?

Il appuie sur le bouton. La cuisine s'illumine tout à coup et il aperçoit un homme couché sur un lit pliant, profondément endormi, la bouche ouverte.

Il n'est pas très agréable à regarder. Ses mains sont sales et ses ongles noirs. De toute évidence, il ne s'est pas rasé depuis plusieurs jours et ses cheveux broussailleux auraient besoin d'un bon coup de ciseaux. Son nez rappelle curieusement celui d'Éric.

« Ça doit être le mari de Mme Friot, songe François. Quelle allure ! »

L'homme ronfle. François ne sait pas trop quoi faire. Il voudrait atteindre le réfrigérateur, mais il ne tient pas à réveiller l'inconnu. Il n'a aucun moyen de le mettre à la porte et, d'ailleurs, oncle Henri et tante Cécile ont peut-être autorisé Mme Friot à laisser venir son mari de temps en temps ? Mais cette possibilité paraît douteuse.

François est tiraillé par la faim. À l'idée des bonnes choses qui doivent se trouver dans le réfrigérateur, il décide d'éteindre la lumière pour ne pas risquer de réveiller le dormeur, et s'avance résolument dans le noir. Il ouvre la porte du réfrigérateur et promène ses doigts sur l'étagère du haut. Il rencontre un plat qui paraît contenir du jambon. Il s'empare du récipient. Oui, ce sont bien des tranches de jambon blanc. Miam !

Il continue à inspecter le contenu du réfrigérateur et y trouve des tartelettes à la confiture. Jambon et tartelettes, voilà un menu rêvé pour quatre enfants affamés ! François s'empare des vivres, referme la porte du réfrigérateur puis commence la traversée de la pièce en sens inverse.

Dans sa hâte, il se trompe de direction et vient malencontreusement buter contre le lit pliant. Le choc déséquilibre les tartes, et l'une d'elles atterrit droit sur la tête du dormeur qui se réveille en sursaut.

— Zut ! murmure François en reculant aussi doucement que possible avec l'espoir que

l'homme va se rendormir. Mais bien au contraire celui-ci se redresse.

— Qui est là ? C'est toi, Éric ? Qu'est-ce que tu fais ici ?

François continue à progresser sans rien dire en direction de ce qu'il croit être la sortie.

L'homme titube vers l'interrupteur et appuie dessus. Il regarde François avec stupéfaction.

— Qu'est-ce que tu fais ici ?

— C'est exactement la question que je voulais vous poser, répond le jeune garçon sans se démonter. Qu'est-ce que vous faites dans la cuisine de mon oncle ?

— J'ai tout à fait le droit d'y être, réplique l'homme d'une voix hostile. Ma femme travaille ici. Mon bateau est au port et je suis en permission. Ton oncle a dit à ma femme qu'il était d'accord pour que je vienne.

C'est bien ce que redoutait François. En plus de la mère et du fils Friot, il faudra maintenant supporter le père ! La situation risque de devenir intenable.

— J'en parlerai à mon oncle quand il téléphonera demain matin, reprend François. Maintenant, laissez-moi passer, s'il vous plaît, je veux monter.

— Hé là, pas si vite ! dit M. Friot en apercevant le plat de jambon et les tartelettes.

— Laissez-moi passer, répète François.

M. Friot n'a pas du tout l'air de vouloir libérer le chemin. Il dévisage François avec un sourire sarcastique. Il est à peine plus grand que le jeune garçon.

François siffle. On entend un *boum* à l'étage au-dessus : Dagobert descend du lit de Claude. Puis un bruit de pattes retentit le long de l'escalier et du couloir. Dago arrive à la rescousse.

Il flaire M. Friot, se hérisse et montre les crocs en grognant. M. Friot s'écarte vivement du passage.

— Rappelle ton chien. Je n'aime pas ces bêtes-là.

— Alors pourquoi est-ce que vous ne vous débarrassez pas de Fléau ? Ici, Dagobert ! Ce type-là ne vaut même pas un coup de dent.

François remonte l'escalier, Dagobert sur ses talons. Les autres l'attendent avec inquiétude, car ils ont entendu les éclats de voix.

Les enfants engloutissent jusqu'à la dernière miette tout ce que François a apporté pendant qu'il leur raconte sa rencontre imprévue avec M. Friot.

— Trois Friot, ça commence à faire un peu trop... murmure Mick. Si seulement on pouvait nous en débarrasser, on pourrait se débrouiller par nos propres moyens ! Claude, tu crois que tu pourrais convaincre ton père de nous laisser carte blanche ?

— Je veux bien essayer, mais ce n'est pas gagné ! Bon, je meurs de sommeil. Allez, Dago, viens te coucher au pied de mon lit. Il n'est pas question de laisser aux Friot la moindre chance de t'empoisonner.

Les enfants, rassasiés, dorment bientôt paisiblement, confiants à l'idée que Dagobert monte la garde et les réveillera au premier mouvement de leurs ennemis.

Le lendemain Mme Friot sert un petit déjeuner convenable, ce qui surprend beaucoup les jeunes convives.

— Comme ton père doit téléphoner, elle préfère filer doux, dit François à Claude. Il doit appeler à neuf heures, c'est bien ça ? On pourrait aller faire un saut à la plage en attendant.

Ils remontent à neuf heures moins dix.

— Il vaut mieux rester dans le salon, dit François, pour être sûrs que Mme Friot ne prendra pas la communication avant nous.

Mais à leur grande stupéfaction, ils entendent soudain Mme Friot parler au téléphone dans l'entrée.

— Oui, monsieur, tout va très bien ici. Les enfants sont un peu difficiles mais je saurai les tenir. Ne vous inquiétez pas, monsieur... oui, bien sûr... Heureusement, mon mari est en permission en ce moment, il pourra m'aider au besoin. Ne vous faites aucun souci, monsieur, tout se passera très bien pendant votre absence, j'y veillerai...

Claude traverse l'entrée d'un bond et arrache le combiné des mains de Mme Friot.

— Papa, c'est moi, Claude, comment va maman ?

— Son état n'a pas empiré, ma chérie, mais nous ne saurons rien de définitif avant demain matin. Mme Friot m'a dit que tout se passait bien à la maison, cela me rassure. Et ta mère sera soulagée de savoir que vous vous débrouillez bien.

— Mais c'est faux ! crie Claude. Archifaux ! Est-ce que les Friot pourraient s'en aller et nous laisser nous en tirer seuls ?

— Bien sûr que non, réplique son père d'une voix légèrement irritée. Mais à quoi tu penses ? Claude, il faut que tu sois raisonnable et...

— Parle-lui, toi, François, dit Claude en tendant l'appareil à son cousin.

— Allô. Bonjour, oncle Henri. C'est François, dit-il de sa voix nette. Je suis content de savoir que tante Cécile ne va pas plus mal.

— Si elle apprend que les choses ne tournent pas rond à la maison, elle va certainement faire une rechute ! lance l'oncle Henri avec exaspération. Essaie de raisonner un peu cette tête de pioche de Claude. Elle arrivera bien à supporter les Friot une semaine ou deux, ce n'est quand même pas si terrible ! De toute façon, je ne les renverrai pas. Je veux que la maison soit en état pour le retour de ta tante. Si tu ne t'entends pas avec les Friot, tu peux écrire à tes parents et leur demander s'ils veulent vous reprendre jusqu'à la fin des vacances, mais Claude doit rester. C'est bien compris ?

— Mais, oncle Henri... balbutie François, ne sachant pas trop par où commencer pour se faire entendre. Il faut que je te dise que...

Il y a un déclic à l'autre bout de la ligne. L'oncle Henri a raccroché. François fronce les sourcils en se mordant la lèvre.

— Communication coupée ! dit-il aux autres. Juste au moment où j'essayais de m'expliquer.

— Bien fait pour vous, claironne la voix sèche de Mme Friot restée près de la porte. Vous êtes fixés maintenant ? Votre oncle veut que je reste, alors je resterai. Et vous n'avez qu'à bien vous tenir, sinon vous le regretterez.

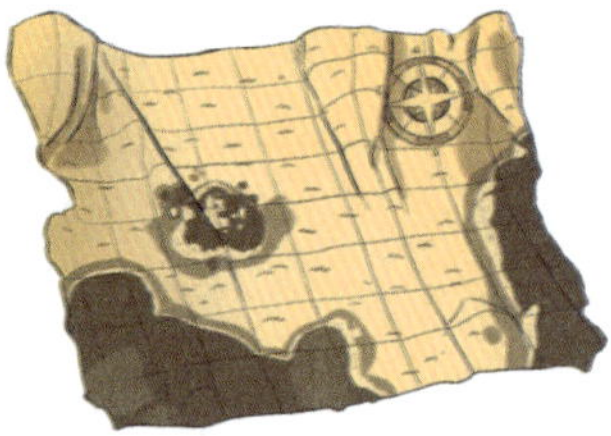

CHAPITRE 6

François tient tête aux Friot

Une porte claque. François, Claude, Mick et Annie entendent Mme Friot annoncer triomphalement sa victoire à Éric et à son mari. Les enfants vont s'asseoir dans le salon et échangent des regards sombres.

— C'est toujours la même chose avec papa ! s'écrie Claude rageusement. Il ne veut jamais rien écouter.

— Il a des soucis en ce moment, tu sais... remarque sagement Mick. Mais on n'a vraiment pas eu de chance que Mme Friot lui parle avant nous.

— Qu'est-ce que papa t'a dit exactement, François ?

— Il dit que si on ne s'entend pas avec les Friot, on n'a qu'à repartir chez nos parents, tous les trois, mais toi, tu dois rester ici.

Claude regarde François pendant un long moment puis finit par dire :

— Vous ne les aimez pas, les Friot, hein ? Alors le mieux, c'est que vous preniez le train le plus tôt possible. Je me débrouillerai toute seule.

— Imbécile, va ! rétorque François en lui donnant une bourrade amicale. Si tu crois qu'on va t'abandonner comme ça ! Ce n'est pas que je sois content à l'idée de supporter les Friot pendant une semaine ou deux, mais ça pourrait être pire. Ils pourraient avoir quatre enfants aussi insupportables qu'Éric !

Mais sa plaisanterie n'amuse personne. Dagobert pose sa tête sur les genoux de Claude, qui le caresse et se tourne vers les autres.

— Repartez chez vous. Je ne suis pas seule, puisque j'ai Dago pour me protéger. Je viens d'avoir une idée. Téléphonez à vos parents et préparez vos valises.

Claude jette à la ronde un coup d'œil de défi. Visiblement, elle a des projets.

François se sent mal à l'aise.

— Arrête, maintenant. Si tu as un plan, on l'exécutera ensemble. Nous sommes le Club des

Cinq, oui ou non ? Et les Cinq ont promis de s'entraider quoi qu'il arrive.

— Restez si vous y tenez, mais je ne changerai rien à mon programme. Vous verrez bien que vous serez obligés de partir en fin de compte. Dago, viens à la plage avec moi pour voir si le bateau est sec.

— On t'accompagne ! lance Mick.

Il a de la peine pour Claude. Il se doute que, malgré son air détaché, elle est certainement très préoccupée par l'état de santé de sa mère.

La journée s'écoule lentement. Claude se montre très distante et n'arrête pas de répéter à ses cousins de s'en aller. Ceux-ci répondent tout aussi fermement qu'ils ne partiront pas. Leur insistance finit par la mettre en colère.

— Je vous assure que vous me gênez en restant ici ! À cause de vous, tous mes projets risquent de tomber à l'eau.

— Quels projets ? demande François agacé par tant de mystères. Je parie que tu fais semblant d'en avoir juste pour nous pousser à partir.

— C'est faux ! crie Claude, verte de rage. Est-ce que tu m'as déjà entendue mentir ? Si je te dis que j'ai un plan, c'est que j'en ai vraiment un. Mais je ne veux pas en parler. C'est mon plan à moi, et vous n'avez rien à voir là-dedans.

— C'est vraiment pas sympa de ta part, réplique Mick, blessé. Et moi qui croyais qu'on était tes meilleurs amis. Que tu le veuilles ou non, on ne bougera pas, et tant pis pour tes fameux plans !

— Si tu crois que je vais vous laisser tout gâcher, tu te trompes ! dit Claude folle de colère. Vous me rendez la vie impossible ! Vous ne valez pas mieux que les Friot !

— Oh ! Claude, supplie Annie. Pas de dispute, s'il te plaît. C'est déjà assez difficile d'être en guerre contre les Friot.

La colère de Claude s'évapore instantanément.

— Excusez-moi, dit-elle d'un air confus. Je vous promets de ne plus m'emporter, mais je maintiens ce que j'ai dit. J'exécuterai mon plan coûte que coûte et je ne vous l'expliquerai pas parce que ça bousillerait vos vacances, c'est tout.

— Bon, allons faire un pique-nique, dit François en se levant. Ça nous fera du bien de fuir cette maison quelque temps. Je vais aller affronter le dragon.

Mme Friot est, une fois de plus, de mauvaise humeur. Quand François arrive, son mari est justement en train de lui expliquer comment son jambon et ses tartelettes se sont envolés du réfrigérateur.

— Quelle culot ! s'écrie-t-elle avec indignation en apercevant le jeune garçon. Tu voles mes provisions, et tu veux que je vous prépare un pique-nique ? Vous aurez du pain et du beurre, un point, c'est tout. Et après ça, j'espère que vous allez décamper pour un bon moment !

— *Bon débarras*, chantonne à mi-voix Éric qui, couché sur le canapé, feuillette un magazine.

— Si tu as quelque chose à me dire, Éric, viens me le dire dehors ! réplique François d'un ton menaçant.

— Laisse Éric tranquille ! lance aussitôt Mme Friot.

— Je ne demande pas mieux, dit François avec mépris. Qui voudrait fréquenter un garçon aussi mou ?

Mme Friot pose rageusement une casserole dans l'évier.

Le fracas fait sursauter Fléau qui se met à gronder.

— Tiens, Fléau, comment ça va ? dit François. Tu as pris un bain récemment ? On dirait que non !... Tu sens toujours aussi mauvais.

— Arrête de l'appeler Fléau, s'écrie Mme Friot. Et sors de ma cuisine.

— Avec plaisir. Et ne vous dérangez pas pour

le pain et le beurre. On trouvera quelque chose de meilleur.

Il s'éloigne en sifflotant. Fléau gronde et Éric répète à haute voix :

— Bon débarras !

— Qu'est-ce que tu dis ? lance François en repassant la tête à la porte de la cuisine.

Éric reste muet, et François repart d'un pas léger. En fait, il est loin d'être aussi gai qu'il l'affiche. Si Mme Friot continue à se montrer aussi désagréable pour chaque repas, la vie aux *Mouettes* risque d'être assez déprimante.

— Je suppose que vous n'avez pas envie de pain et de beurre, pas vrai ? dit François quand il rejoint les autres. Mme Friot n'avait rien d'autre à nous proposer alors j'ai refusé son offre. Allons acheter des provisions au village, d'accord ?

Claude parle peu aujourd'hui.

« Elle est sûrement inquiète pour sa mère, et puis elle doit peaufiner son plan », songent ses cousins qui donneraient cher pour le connaître.

— Si on allait sur l'île ? propose François qui essaie de distraire sa cousine.

Claude secoue la tête.

— Non, je n'y tiens pas. Le bateau est prêt, mais je préfère ne pas m'éloigner de la maison au cas où papa téléphonerait.

Les enfants flânent sans but dans le jardin et

rentrent seulement pour goûter. Au menu : du pain beurré !

Ils mangent sans enthousiasme. Au bout de quelques minutes, ils aperçoivent Éric sous la fenêtre, une gamelle à la main. Il la pose sur l'herbe et crie :

— Voilà la pâtée de votre chien !

— C'est plutôt lui la pâtée pour chien... murmure Mick d'un air dégoûté. Regardez-le, on dirait une limace.

— *Éric la Limace*, chantonne Annie. Est-ce qu'il reste des biscuits dans le placard, Claude, s'il te plaît ?

Claude se lève. Dagobert se glisse au-dehors et va flairer la gamelle préparée pour lui. En se retournant, Claude regarde machinalement dans le jardin et se souvient tout à coup des menaces d'empoisonnement de Mme Friot. Ses cousins sursautent en l'entendant rugir :

— Dago ! Ne touche pas à ça ! Ici, Dago !

Dagobert remue la queue comme pour indiquer qu'il n'en a jamais eu l'intention. Claude sort en courant et ramasse le plat de viande crue, qu'elle renifle.

— Tu n'en as pas mangé, j'espère ? demande-t-elle anxieusement au chien.

— Non, répond Mick qui s'est approché de la fenêtre. Je le regardais. Il a flairé le plat, mais

c'est tout. À tous les coups, il y a du poison dedans.

Claude pâlit :

— Oh ! Dago... heureusement que tu es intelligent. On ne te ferait pas avaler de la viande empoisonnée comme ça !

— Ouah ! réplique Dagobert d'un ton catégorique.

Fléau l'entend et met le nez à la porte de la cuisine.

Claude l'appelle d'une voix forte :

— Fléau, Fléau, viens ici ! Dago ne veut pas de son dîner, tu peux le prendre. Allez, viens !

Éric se précipite sur les traces de Fléau.

— Ne lui donnez pas ça, dit-il.

— Et pourquoi pas ? demande Claude.

— Il ne mange pas de viande crue, reprend Éric au bout d'une seconde. Il ne mange que des biscuits pour chien.

— Tu mens ! crie Claude. Je l'ai vu manger de la viande hier. Ici, Fléau ! Viens goûter à cette bonne pâtée !

Éric arrache la gamelle des mains de Claude et repart à toute vitesse vers la cuisine. Claude s'apprête à se lancer à sa poursuite, mais François, qui a sauté par la fenêtre à l'arrivée d'Éric, la retient.

— Laisse tomber, ça ne servirait à rien. La

pâtée doit déjà être à la poubelle. À partir de maintenant, on achètera nous-mêmes la viande de Dagobert au village. Mais de toute façon, tu n'as rien à craindre. Il est bien trop malin pour toucher à un plat empoisonné.

— Oh ! François, s'il avait vraiment très, très faim..., murmure Claude toute pâle. Je n'aurais pas laissé Fléau manger cette pâtée. Mais le fait qu'Éric ait accouru pour empêcher leur chien d'y goûter prouve bien que cette viande était louche !

— Oui, dit François, mais n'aie pas peur, Claude. On ne va pas laisser les Friot empoisonner Dago !

CHAPITRE 7

Les nouvelles sont meilleures

— Vous croyez qu'il va encore falloir attendre que les Friot soient couchés pour faire une razzia dans la cuisine ? demande Mick lorsqu'il comprend qu'aucun dîner n'a été prévu pour eux.

François n'a aucune envie de se retrouver à nouveau en pleine nuit nez à nez avec M. Friot. Et après tout, ils sont dans leur propre maison, donc les provisions leur appartiennent ! Alors pourquoi seraient-ils obligés de se servir en cachette et à des heures si tardives ? C'est ridicule !

— Dagobert, ici ! lance François.

Le chien abandonne sa place près de Claude et s'avance d'un air étonné.

— Dago, tu vas venir avec moi persuader cette très chère Mme Friot de nous donner ce qu'il y a de mieux dans la cuisine ! déclare François en souriant.

— Bonne idée, dit Mick. Je ne veux pas rater ce spectacle !

— Non. Je crois qu'il vaut mieux que j'y aille tout seul.

Il disparaît dans le couloir en direction de la cuisine. Les Friot regardent la télévision et ne se rendent pas compte que le jeune garçon vient d'entrer dans la pièce. C'est alors qu'Éric lève la tête et aperçoit en même temps Dagobert et François.

Le fils de Mme Friot est pris de panique en entendant Dago grogner férocement, et il court se réfugier derrière le lit pliant d'où il surveille son ennemi d'un œil inquiet.

— Qu'est-ce que tu veux ? demande Mme Friot en éteignant la télévision.

— Dîner, répond François de sa voix la plus aimable. Avec ce qu'il y a ici... acheté avec l'argent de mon oncle et cuit sur la gazinière de ma tante ! Je vais ouvrir les placards et le réfrigérateur, et voir ce que je peux y trouver.

— Mais comment oses-tu ? bégaie M. Friot, stupéfait.

— Vous vous partagerez du pain et un morceau de fromage ! coupe son épouse.

— Pas question ! dit François avec fermeté. Ici, Dago ! Reste près de moi. Grogne tant que tu veux, mais ne mords personne... pour l'instant en tout cas.

Les grondements de Dagobert sont de plus en plus menaçants. Même M. Friot se tient à bonne distance. Quant à Fléau, il a disparu dans la buanderie dès l'arrivée de Dagobert et tremblote, blotti derrière la machine à laver.

Le visage de Mme Friot devient très pâle.

— Prends du pain et du fromage et débarrasse-moi le plancher, dit-elle.

François ouvre la porte du réfrigérateur en sifflotant doucement, ce qui irrite Mme Friot au plus haut point.

— Super ! s'exclame François d'un ton ravi. Du poulet rôti ! J'avais bien senti cette bonne odeur. Et ces tomates ! Les plus belles du village ! Et ça ! Oh ! madame Friot, cette tarte aux pommes a l'air délicieuse ! Vous êtes vraiment une cuisinière hors pair !

François prend le poulet, pose le plat de tomates par-dessus et complète son chargement avec la tarte.

Mme Friot bondit.

— Repose ça tout de suite ! C'est notre repas !

— Je crois que vous vous trompez, dit François avec douceur. C'est *notre* dîner à *nous*. Nous n'avons pas beaucoup mangé aujourd'hui. Un repas copieux ce soir ne nous fera pas de mal. Merci beaucoup ! Quant à vous, vous n'aurez qu'à manger ce que vous nous réserviez : du pain et du fromage !

Mme Friot s'étrangle de fureur et court vers François, la main levée. Mais Dagobert bondit. Ses mâchoires se referment avec un bruit sec.

— Eh ! hurle Mme Friot. Votre chien a failli m'arracher la main. Je vais me débarrasser de lui un de ces jours !

— Vous avez déjà fait une tentative aujourd'hui, il me semble ? réplique calmement François en la regardant en face. J'ai bien envie d'aller voir la police demain.

Comme la première fois où il en a parlé, la seule mention de la police semble effrayer Mme Friot. Elle jette un coup d'œil à son mari et recule d'un pas. François se demande si par hasard M. Friot ne serait pas venu se cacher à Kernach après un mauvais coup. Après tout, comment se fait-il qu'il ne mette jamais les pieds dehors ?

François s'éloigne, triomphant, suivi de

Dagobert qui est déçu de n'avoir pas trouvé Fléau pour lui grignoter un bout d'oreille. François entre dignement dans la salle à manger et dépose son butin sur la table d'un geste solennel.

— Regardez un peu ce que je vous apporte : le dîner des Friot !

Il raconte ce qui s'est passé et les enfants rient comme des fous tout en se régalant du délicieux repas.

— Tiens, Dago, tu as droit aux restes. N'en laisse surtout pas pour Fléau !

Recommandation inutile : Dagobert nettoie son assiette en trois coups de langue et attend patiemment sa part de tarte.

Les enfants se sentent de très bonne humeur après ce festin. Mais il est tard, et Annie commence à bâiller. Elle est aussitôt imitée par Claude.

— Si on allait se coucher ? dit-elle. Je n'en peux plus.

Ils montent dans leurs chambres, et Dagobert s'installe, comme à son habitude, aux pieds de Claude. Il reste un moment l'oreille dressée, guettant les bruits de la maison. Il entend les Friot regagner leur chambre à leur tour, puis des portes se fermer. Fléau gémit. Le silence s'établit bientôt dans toute la maison, et Dagobert laisse tomber sa tête sur ses pattes. Mais il ne dort que d'un œil, car il n'a pas plus confiance que ses maîtres en la famille Friot.

Les enfants se réveillent très tôt. Ils se baignent avant le petit déjeuner et reviennent cette fois dès huit heures et demie, de peur que le père de Claude ne téléphone à nouveau plus tôt que prévu. François aperçoit Mme Friot dans l'escalier et lui demande si son oncle a déjà appelé.

— Non, répond sèchement la dame, qui espérait visiblement que le téléphone sonne en l'absence des enfants pour pouvoir donner sa propre version des faits à M. Dorsel.

— Nous voudrions petit-déjeuner, s'il vous plaît, reprend François d'un ton suave. Un bon petit déjeuner, madame Friot. Mon oncle nous demandera peut-être ce que nous avons mangé, on ne sait jamais.

Par prudence, Mme Friot leur sert aussitôt un repas copieux. Elle compense en le faisant avec une mauvaise humeur évidente. Éric l'aide à mettre le couvert.

— Tiens, mais c'est ce cher Éric ! lance François d'un ton ironique. Cette brave limace !

— La ferme ! réplique Éric en posant brutalement le beurrier.

Dagobert gronde, et Éric prend ses jambes à son cou.

Claude déclare qu'elle n'a pas faim. Les autres n'insistent pas. Ils savent qu'elle est anxieuse d'avoir des nouvelles de sa mère et se tient prête à bondir sur le téléphone dès qu'il sonnera.

L'appel vient alors que le repas est presque terminé. Claude fonce dans l'entrée et décroche.

— Allô, papa ?... Oui, c'est moi, Claude. Comment va maman ?

Ses cousins s'arrêtent de manger et écoutent en silence. Ils comprennent par les réponses de Claude que les nouvelles sont bonnes.

— Oh ! Qu'est-ce que je suis contente ! Elle a été opérée hier, tu dis ? Tu aurais dû me prévenir. Pauvre maman ! Embrasse-la pour moi. Je voudrais tellement la voir. Est-ce que je peux venir, s'il te plaît ?

La réponse est visiblement négative. Claude écoute pendant quelques minutes et raccroche.

Elle rentre en courant dans la salle à manger.

— Vous avez entendu ? lance-t-elle joyeusement. Maman va mieux. Elle va revenir dans une dizaine de jours environ avec papa. Je suis tellement heureuse d'avoir eu ces bonnes nouvelles ! Mais je crois qu'on n'est pas près d'être débarrassés des Friot...

CHAPITRE 8

Les projets de Claude

Mme Friot a elle aussi entendu la conversation téléphonique, ou du moins les réponses de Claude. Elle sait maintenant que, pendant encore dix jours, sa famille et elle auront le champ libre. Et il ne fait aucun doute qu'ils mettront l'absence des propriétaires de la maison à profit.

Claude s'aperçoit que son appétit est revenu et elle dévore ses tartines et ses céréales jusqu'à la dernière miette.

— Je me sens mieux, déclare-t-elle avec un soupir de satisfaction quand elle a fini.

Annie glisse affectueusement sa main dans la sienne. Elle est heureuse de savoir que tante

Cécile sera vite guérie. Les enfants peuvent désormais s'amuser le cœur léger. La seule ombre au tableau reste les Friot. C'est alors que Claude s'arrange pour troubler l'atmosphère.

— Maintenant que je suis rassurée sur le compte de maman, je pourrai très bien tenir tête aux Friot toute seule, avec l'aide de Dagobert. Vous n'avez qu'à rentrer terminer les vacances chez vous. Je me débrouillerai.

François est furieux.

— Non, Claude, tu ne vas pas remettre ça sur le tapis. On a réglé la question une fois pour toutes. N'insiste pas, s'il te plaît !

— Et moi, je t'ai déjà dit que mon projet ne regardait que moi. Vous serez bien obligés de partir, que vous le vouliez ou non.

— Arrête tes mystères, Claude ! réplique François énervé. Tu ferais mieux de nous expliquer ton plan. Tu n'as pas confiance en nous, ou quoi ?

— Mais si, mais je sais que vous essaieriez de me mettre des bâtons dans les roues, dit Claude d'un ton bougon.

François est inquiet. Claude peut être très tête brûlée quand elle veut. Qu'est-ce qu'elle a bien pu inventer cette fois-ci ?

Mais Claude reste muette sur son projet et François abandonne la partie, secrètement résolu à ne pas quitter sa cousine d'une semelle de toute la journée.

Pourtant, Claude agit comme si de rien n'était. Elle se baigne avec ses cousins et se promène avec eux sur la lande.

Lorsqu'elle refuse d'aller jusqu'à l'île, ses cousins n'insistent pas, pensant qu'elle préfère rester à proximité de la maison au cas où son père rappellerait dans la journée.

Vers quatre heures, elle déclare qu'elle a des achats à faire.

— Rentrez, vous trois. Moi, je file au village.

François dresse aussitôt l'oreille. Il est persuadé que Claude essaie de les éloigner pour mettre son mystérieux projet à exécution.

— Je t'accompagne, dit-il en se levant.

— Non, non. Je n'en ai pas pour longtemps, réplique Claude.

Mais François est bien décidé à ne pas quitter sa cousine. Finalement ils se dirigent tous ensemble vers le village, car Mick et Annie n'ont aucune envie de se retrouver seuls face aux Friot.

À l'épicerie, Claude achète une pile neuve pour sa lampe électrique et deux boîtes d'allumettes.

— Pourquoi est-ce que tu achètes tout ça ? demande Annie.

— Ça peut toujours être utile... répond sa cousine, évasive.

Ils reviennent à la maison sans que François ait pu deviner quoi que ce soit de plus sur les intentions de Claude.

Dans la soirée, la pluie se met à tomber. Les enfants s'installent pour jouer aux cartes. Ils sont de bonne humeur, maintenant qu'ils savent la mère de Claude hors de danger. Au beau milieu d'une partie, François se lève, ouvre la porte de la salle à manger et appelle Mme Friot. Les autres le dévisagent.

— Qu'est-ce qui te prend ? dit Claude, les yeux ronds.

— J'appelle Mme Friot pour lui demander de nous préparer à dîner, répond François, en souriant.

Et comme cette dernière ne répond pas, il crie à nouveau son nom. La porte de la cuisine finit par s'ouvrir, et les enfants entendent Mme Friot se diriger vers la salle à manger comme un dragon furieux. Elle entre brusquement.

— Vous avez bientôt fini de hurler comme des possédés ? demande-t-elle sèchement. Comme si j'avais envie de me déplacer pour de sales gosses comme vous !

— Je vous ai appelée parce qu'on a faim, répond François. Mais si vous préférez que j'aille chercher moi-même ce qu'il faut à la cuisine, je le ferai avec plaisir... avec Dagobert, bien sûr !

— Si jamais vous recommencez à voler mes provisions, je... je..., répond Mme Friot en s'étranglant presque.

— Vous téléphonerez à la police ? termine François. Ne vous gênez pas. Je pourrai donner quelques détails intéressants au commissaire, s'il le souhaite.

Mme Friot foudroie François du regard puis tourne les talons en râlant. À entendre les bruits de casseroles et d'assiettes qui parviennent de la cuisine, elle s'est tout de même résolue à préparer à dîner. François rit sous cape en distribuant les cartes.

Vingt minutes plus tard, Mme Friot revient avec le repas des enfants et dépose par terre un plat de viande bouillie pour Dagobert. Claude l'examine d'un air soupçonneux.

— Je suis sûre que vous avez encore mis du poison dedans. Vous pouvez reprendre ça tout de suite.

— Mais non, laissez le plat ici, lance François. Je le donnerai au pharmacien pour qu'il l'analyse. Il aura certainement des choses intéressantes à nous dire.

Mme Friot remporte le plat sans un mot.

— Cette bonne femme est odieuse ! dit Claude en attirant Dagobert contre elle. Je commence à avoir vraiment très peur pour Dago.

Cet incident gâche la fin de la journée et à la tombée de la nuit, les enfants préfèrent rejoindre leurs chambres sans tarder.

— Il est neuf heures. On ferait bien de monter se coucher, déclare François. Je pense qu'il vaut mieux monter tous en même temps. Avec les Friot dans les parages, il faut qu'on reste groupés. Vous êtes d'accord ?

Ils sont tous fatigués. François s'efforce de garder les yeux ouverts un moment encore, mais il s'endort très vite lui aussi.

Il se réveille en sursaut. Il lui semble avoir entendu un bruit. Pourtant, le silence règne. François se demande un instant si l'un des Friot n'est pas en train de rôder dans la maison, mais Dagobert aurait déjà aboyé.

« Et si c'était Claude ? » songe-t-il soudain.

Il se lève et, faisant attention à ne pas réveiller Mick, il se glisse jusqu'à la chambre des filles et allume sa lampe électrique.

Annie est paisiblement endormie dans son lit, mais il n'y a personne dans le lit voisin et les vêtements de Claude ont disparu.

« Où est-ce qu'elle est partie ? Je parie qu'elle

françois

est allée essayer de retrouver sa mère », pense François.

À ce moment sa lampe éclaire une enveloppe blanche épinglée à l'oreiller.

Il avance doucement pour la prendre et voit dessus son nom inscrit d'une main ferme. Il ouvre vivement l'enveloppe.

Cher François,

J'espère que tu ne seras pas fâché. Je n'osais plus rester à la maison parce que j'avais trop peur que les Friot réussissent à empoisonner Dagobert. Tu sais que je ne pourrais pas le supporter. Alors j'ai décidé d'aller m'installer dans notre île jusqu'au retour de papa et de maman. Est-ce que tu pourras laisser un mot à papa pour lui expliquer où je suis et lui demander de faire hisser un petit drapeau rouge dès qu'il sera là ? Je reviendrai à ce moment-là. Quant à vous trois, vous pouvez retourner chez vous. Ce serait idiot de rester aux Mouettes avec les Friot maintenant que je n'y suis plus.

Je vous embrasse.

Claude

— J'aurais dû m'en douter, murmure François en repliant la lettre. C'est pour ça qu'elle ne voulait pas nous raconter son plan. Mais on ne peut pas la laisser partir seule. Si elle tombe malade ou qu'elle glisse dans les rochers, personne ne sera au courant...

François est très inquiet pour sa cousine et ne sait plus quoi faire. C'est certainement Claude qui a fait le bruit qui l'a réveillé. Dans ce cas, elle n'a pas beaucoup d'avance, et en courant tout de suite jusqu'à la plage, il a encore une chance de la rattraper.

Sans prendre le temps de s'habiller, François traverse le jardin à toute vitesse et descend vers la mer. La pluie s'est arrêtée et on voit quelques étoiles briller. Cela dit, la nuit est loin d'être claire.

« Comment a-t-elle pu s'imaginer qu'elle arriverait à trouver son chemin alors qu'on ne voit pas à dix mètres ? » songe François. Il continue sa route presque en aveugle en marmonnant :

— Je comprends mieux maintenant. C'est pour ça qu'il lui fallait une pile de rechange pour sa lampe et des allumettes. Elle a dû emporter son réchaud de camping.

Quand il atteint la plage, il aperçoit une lumière à l'endroit où Claude amarre habituellement son bateau. Il se remet à courir, s'enfonçant à chaque pas dans le sable humide.

Soudain, il aperçoit une silhouette.

— Claude ! Espèce de folle, reste ici ! Tu ne peux pas aller en mer en pleine nuit !

Claude, qui met son canot à l'eau, sursaute en entendant la voix de François.

— Laisse-moi tranquille ! J'ai décidé de partir et je m'en vais !

François entre dans l'eau jusqu'à la taille et saisit le bateau par la proue.

— Arrête tes bêtises, Claude ! Tu risques de foncer dans un rocher ! Allez, reviens !

— Non, réplique Claude avec irritation. Vous n'avez qu'à rentrer chez vos parents, je n'ai pas besoin de vous. Lâche mon bateau !

— Pourquoi est-ce que tu ne nous a pas dit ce que tu comptais faire ? reprend François qui manque de se faire renverser par une vague. Zut, il faut que j'embarque, je n'ai plus pied !

Et il se hisse dans le bateau. Il fait tellement noir qu'il ne voit pas le visage de sa cousine, mais il se doute qu'elle lui jette des regards furibonds. Dagobert lui lèche les jambes.

— Tu gâches tout... balbutie Claude.

— C'est toi qui gâches tout, réplique François avec un sourire gentil. Écoute-moi. On va rentrer ensemble maintenant, et demain on partira tous les quatre sur l'île avec toi. C'est la meilleure chose à faire. On sera hors d'atteinte des Friot et on pourra s'amuser du matin au soir. Et puis, n'oublie pas que tu ne peux pas nous lâcher sans enfreindre les règles du Club des Cinq. Alors, Claude, c'est d'accord ?

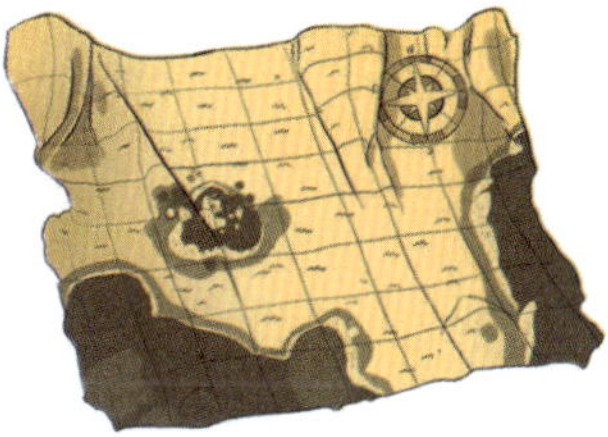

CHAPITRE 9

Une nuit de préparatifs

Les vagues clapotent autour de la coque. Au bout d'une minute, Claude dit joyeusement :

— C'est vrai, François ? Vous viendriez vraiment avec moi ? J'avais très peur de me faire gronder par papa puisqu'il m'a interdit de quitter la maison avant son retour. Et tu sais comme il déteste qu'on lui désobéisse. Mais je pensais que si je restais, vous voudriez rester aussi et je ne voulais pas gâcher vos vacances. J'étais persuadée que vous refuseriez de m'accompagner pour ne pas être punis. C'est pour ça que je ne vous en ai pas parlé.

— Ma vieille, il y a des jours où tu es vraiment trop bête ! Comme si une punition pouvait avoir la moindre importance ! L'important, c’est d’être solidaires. C'est promis, on part demain avec toi. Ne t’inquiète pas, j’expliquerai tout à ton père quand il reviendra. Je suis prêt à assumer toute la responsabilité de notre escapade.

— Pas question ! Je lui dirai que l’idée vient de moi. Je n’ai pas l’habitude de faire porter le chapeau à quelqu’un d’autre.

— On parlera de ça plus tard. Le plus urgent, maintenant, c’est de rentrer réveiller les autres pour les mettre au courant de ton plan.

Claude est ravie.

— Si je ne me retenais pas, je te serrerais dans mes bras, François, s’écrie-t-elle. Où sont les rames ? On a drôlement dérivé.

Elle pagaie vigoureusement vers le rivage. François saute dans l’eau et tire le bateau au sec. Il pousse une exclamation en apercevant le fond de la barque à la lueur de sa lampe électrique.

— Waouh ! Toutes ces provisions ! Du pain, du jambon, du beurre, du lait, de la confiture... Comment est-ce que tu as réussi à piquer tout ça sous le nez de Mme Friot ?

— Il n’y avait personne dans la cuisine quand j’y suis allée, même pas Fléau.

— Je pense qu’on peut laisser tout ça dans le coffre du bateau. En revanche, il nous faudra bien plus de provisions pour nous cinq si on reste un bout de temps dans l'île.

Ils retournent gaiement vers la maison. François a retroussé les ourlets de son bas de pyjama qui le gêne pour marcher. Dagobert gambade comme si ces allées et venues en pleine nuit étaient tout à fait naturelles.

En arrivant, ils réveillent aussitôt les deux autres qui sont sidérés d'apprendre ce qui s'est passé pendant leur sommeil. Transportée de joie à l'idée de vivre dans l'île avec ses frères et sa cousine, Annie oublie toute prudence et claironne :

— C'est génial ! Quand je pense...

— Chu-u-u-u-ut ! soufflent trois voix furieuses. Tu vas réveiller les Friot.

— Oh ! pardon ! reprend-elle plus bas, mais c'est vraiment super.

Ils s'installent en cercle pour mettre au point leur stratégie...

— Si on reste là-bas une dizaine de jours, il nous faudra pas mal de provisions, dit François. Je me demande bien où on va les trouver. Même si on prend tout ce qu'il y a dans le frigo, ça m'étonnerait que ça suffise. Vu l'appétit de certains d'entre nous...

— J'ai une idée ! s'écrie soudain Claude. Maman garde des provisions supplémentaires dans un garde-manger au sous-sol, au cas où on serait coincés dans la maison quand il fait mauvais temps. On a déjà été bloqués une ou deux fois à cause de la neige en hiver. Et je connais l'endroit où maman met ses clefs. On pourrait peut-être puiser dans le stock ?

— Bonne idée, répond François avec enthousiasme. Tante Cécile ne nous en voudra probablement pas. Et de toute façon on fera la liste de ce qu'on prendra et on pourra tout remplacer si ça l'arrange.

— Où est la clef ? demande Mick.

— Dans la chambre de maman. Venez avec moi.

Dans la chambre des parents de Claude se tient une grosse commode en bois. La fillette plonge la main au fond d'un tiroir et en sort la clef du fameux garde-manger.

Les enfants se précipitent au sous-sol de la maison. Ils trouvent le placard, et Claude l'ouvre aussitôt.

François éclaire l'intérieur avec sa lampe électrique. Sur une étagère, des boîtes de conserve de toutes sortes sont alignées en bon ordre.

— Avec ça, on pourra tenir un siège ! s'écrie Mick, les yeux pétillants. Des raviolis, du thon, des petits pois, des fruits au sirop ! Et même des biscuits !

Les enfants remplissent deux sacs de provisions et reviennent dans leur chambre.

— Voilà un problème de réglé, déclare François. On verra s'il y a du pain à prendre dans la cuisine. Maintenant, il faut s'occuper de l'eau. Il y en a dans l'île, à ton avis, Claude ?

— Même s'il y en a dans le vieux puits, je ne vois pas comment on pourrait la puiser, et puis je ne sais pas si elle est vraiment potable. J'avais rempli une bonbonne, mais ça ne suffira pas pour nous tous. Il vaudrait mieux en emporter encore deux ou trois.

Ils remplissent donc quelques grosses gourdes qu'ils placent près des sacs de nourriture. Faire tous ces préparatifs en pleine nuit est très amusant. Annie a du mal à parler à voix basse, et Claude s'efforce d'empêcher Dagobert, qui partage l'excitation générale, d'aboyer.

La cuisine regorge de richesses : Mick s'empare de deux tartes cuites le jour même et Claude enveloppe un gigot dans un torchon propre, en prévenant sévèrement Dago que s'il ose s'en approcher, elle ne l'emmènera pas dans l'île.

— Mon réchaud de camping est déjà dans le bateau, chuchote Claude. C'est pour ça que j'ai acheté des allumettes. Je parie que vous n'aviez pas deviné ! Et si on emportait des bougies ? Si on se sert tout le temps de nos lampes électriques, les piles ne feront pas long feu.

Les enfants découvrent un paquet de bougies dans le placard de la cuisine et s'emparent d'une grande casserole, d'une poêle à frire, de couteaux, fourchettes et cuillères, et de tous les objets qui leur semblent utiles. Ils font également main basse sur une provision de bouteilles de limonade que les Friot s'étaient visiblement réservées.

— Achetées avec l'argent de maman, bien entendu ! s'insurge Claude.

— Où est-ce qu'on va dormir ? demande François. Au milieu des ruines, dans la petite salle qui a encore un toit et des murs intacts ?

— Oui, c'est là que je pensais m'installer. On pourra faire des matelas avec des herbes sèches.

— Il faut prendre le plus de couvertures possible et quelques coussins pour servir d'oreillers, conclut François. Décidément notre expédition s'annonce bien. C'est drôle, j'ai l'impression d'être un prisonnier en train de s'évader. Vous imaginez la tête des Friot quand ils s'apercevront qu'on est partis !

— C'est vrai, ça ! répond Claude d'un ton soucieux. Qu'est-ce qu'on va leur dire ? Il ne faut pas qu'ils envoient des gens nous chercher.

En fait il vaudrait mieux qu'ils ignorent où on est.

— On réfléchira tout à l'heure, dit Mick. Pour l'instant il faut se dépêcher d'emporter notre chargement dans le bateau. Profitons de ce qu'il fait encore sombre. Le jour ne va pas tarder à se lever.

— Comment est-ce qu'on va faire ? lance Annie qui contemple l'amoncellement d'objets et de nourriture dans le jardin. On n'y arrivera jamais.

Le tas est impressionnant mais, comme toujours, François a plus d'un tour dans son sac.

— Est-ce qu'il y a des brouettes quelque part ? demande-t-il à Claude. Si on pouvait tout concentrer dans deux brouettes, on n'aurait qu'un seul voyage à faire.

— Excellente idée, s'écrie Claude. Dommage que je n'y aie pas pensé plus tôt, j'ai dû aller au moins cinq fois au canot pour y porter mes affaires. Il y a deux brouettes dans la cabane, dont une qui grince, mais pas assez pour réveiller les Friot.

En fait, Fléau, couché dans la chambre de Mme Friot, entend bien le gémissement de la brouette. Il pointe les oreilles et gronde tout bas, mais il n'ose pas aboyer de peur d'attirer l'attention de Dagobert. Mme Friot, elle, n'entend rien du tout. Elle continue à dormir comme un loir sans se douter une seconde de ce qui se passe au rez-de-chaussée.

Une fois le chargement dans le bateau terminé, les enfants hésitent à abandonner celui-ci sans surveillance. Finalement ils décident de laisser Mick en sentinelle, installé sur les couvertures. Ils se concertent une dernière fois.

— J'espère qu'on n'a rien oublié, dit Claude en fronçant les sourcils. Ah ! si ! Il nous faut un ouvre-boîtes et un ouvre-bouteilles pour la limonade.

— D'accord, allons-y ! répond François. À tout à l'heure, Mick. On doit attendre l'ouverture de la boulangerie pour acheter du pain. Et puis, il faut trouver un bel os pour Dago.

Ils repartent vers la maison avec Dagobert tandis que Mick se blottit confortablement sous ses couvertures. Il s'endort peu après, le nez tourné vers les étoiles qui ne vont pas tarder à pâlir.

Les trois autres discutent de ce qu'ils vont raconter aux Friot.

— Je crois que le mieux, c'est de ne rien leur dire du tout, conclut François. Je n'ai aucune envie de leur mentir, et encore moins de leur dire la vérité. Je vous propose quelque chose : il y a un train qui part à huit heures. C'est celui qu'on prendrait si on rentrait chez nos parents. On n'a qu'à disposer les horaires de trains sur la table de la salle à manger comme si on les avait consultés, et on s'en ira par le sentier de la lande qui va à la gare.

— Oh ! oui, s'écrie Annie. Les Friot croiront qu'on est repartis chez nous. Ils ne se douteront jamais qu'on est installés dans l'île.

— Je suis d'accord, acquiesce Claude. Mais comment est-ce qu'on saura si papa et maman sont rentrés ?

— Tu ne connais pas quelqu'un en qui tu peux avoir confiance et qui nous préviendrait ? demande François.

— Si. Jean-Jacques Loïc, un garçon du village dont les parents sont pêcheurs. Vous vous souvenez, il s'est occupé de Dago quand papa n'en voulait plus à la maison. Je sais qu'il ne nous trahira pas.

— Parfait, on passera le voir en retournant au bateau ! reprend François. Maintenant occupons-nous des horaires de train.

Sur le dépliant, ils soulignent l'heure du train qu'ils prendraient s'ils quittaient vraiment Kernach. Ils mettent dans leurs poches un ouvre-boîtes et un ouvre-bouteilles, plus deux ou trois paquets d'allumettes supplémentaires.

Entretemps, le soleil s'est levé.

— Bon, le pain maintenant ! déclare François.

La boulangerie n'est pas officiellement ouverte, mais les pains sont cuits, et le patron prend l'air sur le pas de sa porte. Il vient de terminer sa fournée et sourit à ses jeunes clients.

— Vous êtes tombés du lit, ma parole ! dit-il. Vous voulez ? Trois pains de campagne et quatre baguettes ? Et pour quoi faire ?

— Pour les manger ! répond Claude en riant.

François paie et les trois enfants se dirigent vers la boucherie. La boutique est encore fermée, elle aussi, mais le boucher balaie le devant de porte.

— Nous voudrions un très gros os pour Dago, s'il vous plaît ! demande Claude.

Elle s'en procure un énorme, dont la vue met Dagobert en appétit. Un os pareil lui durera plusieurs jours.

— On va déposer tout ça dans le bateau, dit François. Puis on retourne à la maison. Il faudra faire le plus de bruit possible pour attirer l'attention des Friot. Ensuite on partira par le chemin de la lande en espérant que ces imbéciles nous verrons et nous croiront en route pour la gare.

Ils réveillent Mick qui dort toujours profondément, et embarquent leur cargaison.

ULANGER

— Rame jusqu'à la première petite crique, dit Claude à Mick. Là-bas personne ne pourra nous voir de la plage. On te rejoindra dans une heure environ.

Ils reviennent à la maison et font un remue-ménage incroyable. Claude siffle Dagobert, et François se met à chanter. Après avoir claqué toutes les portes sur leur passage, ils se dirigent vers la lande juste dans l'axe de la fenêtre de la cuisine.

— Pourvu que les Friot ne s'aperçoivent pas que Mick n'est pas avec nous, dit François en voyant Éric qui les observe de la cuisine. Bah, ils penseront peut-être qu'il est parti devant.

Ils continuent sur le sentier jusqu'à une petite butte qui forme un bon abri contre les regards indiscrets. Ils empruntent alors un autre sentier qui les ramène sans être vus jusqu'à la crique où Mick les attend avec anxiété.

CHAPITRE 10

En route pour l'île de Kernach

Ils grimpent dans la barque. Dagobert y saute à son tour d'un bond léger et court à l'avant prendre sa place habituelle, haletant de joie. L'aventure vient de commencer, et il frémit de bonheur à l'idée d'y participer.

François s'empare des rames.

— Annie, assieds-toi un peu plus loin. Et toi, Mick, va à côté d'elle pour faire contrepoids aux bagages. On est chargés comme des mules. Prêts ? C'est parti !

La mer est calme, mais une petite brise revigorante fouette le visage des enfants.

Ils se sentent parfaitement heureux. Ils sont enfin libres ! Finis les Friot !

En venant à la crique, Claude, François et Annie se sont arrêtés chez les Loïc et ont raconté leur projet à Jean-Jacques, qui a solennellement promis de garder le secret.

« Tu pourras nous avertir dès que mon père et ma mère seront là, s'il te plaît ? a demandé Claude. Tu es le seul à naviguer assez bien sur les eaux de l'île pour venir nous appeler.

— D'accord ! » a répondu Jean-Jacques tout en regrettant de ne pas être du voyage.

— Maintenant que Jean-Jacques est au courant de tout, on n'a rien à craindre ! rappelle François entre deux coups de rame. Bon, on est tout près de l'île maintenant, tu nous guides, Claude ?

— Oui, le coin est assez dangereux. Passe-moi les rames, François.

Elle se met à diriger adroitement la grande barque entre les rochers. Ses cousins la regardent manœuvrer avec admiration. Ils se sentent toujours en sécurité avec elle.

Le bateau pénètre dans une petite crique qui forme un port naturel abrité entre de hautes roches. Les enfants sautent dans l'eau et tirent le canot au sec sur le sable.

— Il faut le hisser encore plus haut, dit Claude le souffle court. Les tempêtes sont imprévisibles dans la région. Autant le mettre tout

de suite hors d'atteinte même des plus grosses vagues.

Le bateau repose bientôt sur le sable sec, et les enfants s'asseyent pour reprendre leur respiration.

— Reposons-nous un peu ici, propose François. Je n'ai pas le courage de débarquer tous ces bagages maintenant.

Les enfants ont passé une partie de la nuit debout et, maintenant qu'ils sont bien arrivés sur l'île, l'excitation commence à retomber et la fatigue se fait sentir. L'un après l'autre, ils s'endorment sur le sable tiède. Dago les regarde d'un air surpris. Il n'est pourtant pas l'heure de se coucher. Bah ! Après tout, une bonne sieste ne fait de mal à personne. Dagobert s'allonge près de Claude, pose la tête sur l'estomac de la petite fille et s'assoupit à son tour.

La journée est déjà bien avancée quand les enfants ouvrent les yeux. François se réveille le premier, puis Mick, l'un et l'autre gênés par la chaleur. Ils se redressent en bâillant.

— Waouh ! s'écrie Mick en apercevant ses bras. J'ai pris des coups de soleil ! Est-ce que quelqu'un a pris de la crème solaire ?

— Non, on n'y a même pas pensé. Et tu risques de cuire encore avant ce soir. Il n'y a pas un seul nuage dans le ciel.

Ils réveillent les filles, et Claude pousse son chien.

— Dago, tu me donnes des cauchemars quand tu t'endors sur mon ventre, gémit-elle. Oh ! Mais c'est vrai ! On est dans l'île ! Je me croyais encore dans mon lit.

— C'est génial ! Nous voilà seuls pendant un bon bout de temps, avec des tonnes de provisions, libres de faire tout ce qu'on veut ! dit Annie avec un soupir de satisfaction.

— Je parie que les Friot sont enchantés d'être débarrassés de nous ! lance Mick. Éric va pouvoir s'étaler dans le salon et tripoter nos livres autant qu'il veut.

— Et Fléau pourra se promener dans toute la maison sans craindre de croiser Dagobert. Pfff, il peut même dormir sur mon lit, je m'en moque pas mal maintenant que je suis ici ! conclut Claude.

C'est agréable de bavarder tranquillement au soleil, mais François, qui ne tient jamais en place, se lève bientôt et s'étire.

— Allez, debout, bande de paresseux, on a du pain sur la planche ! dit-il aux autres.

— De quoi tu parles ? demande Claude surprise.

— Il faut débarquer les bagages et les mettre à l'abri au cas où il pleuvrait. Il faut aussi choisir l'endroit où on va dormir et fabriquer des matelas avec des herbes sèches.

— Laisse-nous encore une minute de répit, implore Annie qui n'a aucune envie d'abandonner ce coin tiède de soleil.

Mais les autres la mettent debout de force et, à eux quatre, ils ont vite fait de débarrasser complètement le bateau de sa cargaison.

— Au château maintenant, dit Claude. On va camper dans la seule pièce encore intacte.

Ils remontent à travers les rochers jusqu'aux ruines du vieux château dont les murs croulants se dressent au centre de l'île. Ils s'arrêtent pour le contempler.

— Quelle chance on a, dit Mick. Vous vous rendez compte ? On a notre île et notre château !

Derrière ce qui était autrefois un portail, on aperçoit quelques marches. Des deux tours du château, une seule subsiste encore en partie. Les choucas y ont élu domicile.

— J'adore ces oiseaux-là, dit Mick. Tu as vu les plumes grises qu'ils ont derrière la tête, Annie ? Je me demande si ça leur arrive d'arrêter de croasser.

— Jamais ! réplique Claude. Oh ! Regardez les lapins ! Ils sont toujours aussi imperturbables !

Une foule de gros lapins les observe sans broncher. Les enfants ont l'impression qu'ils se laisseraient même caresser. Mais dès qu'ils s'approchent, les animaux s'esquivent les uns après les autres.

La queue de Dagobert s'agite comme une hélice d'hélicoptère. Des lapins ! Si seulement il pouvait leur courir après !

Mais Claude le retient par le collier et lui dit d'un ton sévère :

— Défense de toucher à ces lapins. Ils sont tous à moi, compris ?

— À *nous* ! corrige Annie qui tient à avoir sa part de lapins autant que d'île et de château.

— Oui, à nous bien sûr, reprend Claude. On va examiner notre future chambre ?

Ils se dirigent vers une partie du château qui semble moins dévastée que le reste, et s'arrêtent au seuil d'une petite pièce sombre.

— C'est là, dit François en avançant la tête à l'intérieur. Qu'est-ce qu'il fait noir là-dedans ! Attendez, je prends ma lampe électrique.

Il allume sa lampe, et les quatre enfants inspectent la salle où ils comptent s'installer.

— Je crois qu'on peut dire adieu à notre nid douillet ! s'exclame Claude. Le toit s'est écroulé.

Et en effet, le sol est jonché de débris de

pierres tombées depuis l'été précédent. La pièce est inutilisable comme abri, sans compter que certaines pierres paraissent sur le point de tomber.

— Nous voilà bien, dit François. Il va falloir trouver un autre endroit.

CHAPITRE 11

La vieille épave

Quelle mauvaise surprise ! C'était la seule pièce du château qui pouvait servir d'abri contre la pluie. Il va bien falloir trouver un refuge, car les orages sont fréquents en cette saison.

— Vous imaginez s'il y a de nouveau une tempête comme celle qui a soulevé l'épave sur les récifs l'année dernière ! dit François. Vous vous souvenez ?

— Oui, bien sûr ! s'écrient en chœur Mick, Claude et Annie.

Annie propose aussitôt :

— Au fait, si on allait visiter l'épave ? J'aimerais savoir si elle est toujours sur les rochers où on l'a trouvée l'été dernier.

— Non, il faut d'abord trouver un endroit pour dormir, déclare François avec fermeté. Il est déjà trois heures, je vous signale.

— Mais où est-ce qu'on va aller ? dit Mick. On ne peut pas s'installer dans le château.

— Il y a bien les souterrains, lance Annie qui frissonne à cette idée, mais je n'ai aucune envie d'y descendre. Il fait trop noir là-dessous.

En fait, aucun des trois autres n'y tient non plus.

— Et l'épave ? dit Mick après avoir réfléchi un moment. On pourrait peut-être y trouver un coin sec où dormir. Qu'est-ce que vous en pensez ?

— On peut toujours aller voir, répond François.

Ils traversent la cour en ruine jusqu'au rempart d'où l'on domine la mer et les rochers qui retiennent l'épave prisonnière.

Ils se hissent sur le rempart et s'aperçoivent avec surprise que le vieux bateau a été déplacé par les tempêtes au cours de l'hiver.

— Regardez, il est là-bas, dit François. Pauvre bateau, il est beaucoup plus abîmé que l'an dernier. Maintenant c'est *vraiment* une épave.

— Il est trop délabré pour y habiter, à mon avis, reprend Mick, mais on pourra peut-être y ranger les provisions. J'ai l'impression qu'en passant sur les rochers qui dépassent de l'eau, on pourra l'atteindre facilement à pied.

— Oui, dit Claude. Je parie qu'on peut même y aller à marée basse sans se mouiller.

— On essaiera dans une heure, dit François, quand la mer aura commencé à se retirer.

— Si on inspectait le puits en attendant ? propose Mick.

Ils retraversent la cour. C'est là que, l'an passé, ils ont découvert l'entrée d'un puits creusé à même la roche menant jusqu'à une nappe d'eau douce située au-dessous du niveau de la mer.

Les enfants le retrouvent rapidement.

— Regardez, on voit toujours les barreaux de l'échelle par laquelle je suis descendu la dernière fois, dit Mick en se penchant. L'entrée du souterrain ne doit pas être loin d'ici.

Ils n'ont aucun mal à la repérer, mais l'ouverture est bloquée par d'énormes pavés.

— Qui a pu faire ça ? s'exclame Claude avec étonnement. Quelqu'un est venu dans l'île !

— C'est probablement des promeneurs, dit François. Tu te souviens de la fumée qu'on a aperçue par ici, l'autre jour ? C'était sûrement des campeurs qui avaient allumé un feu.

— Il y en a qui sont gonflés, quand même ! reprend Claude avec emportement. Je vais mettre une pancarte : « Propriété privée, entrée interdite sous peine de poursuites ». Je ne veux pas d'intrus sur notre île !

— Ne t'en fais pas. De toute façon, même si l'entrée du souterrain n'avait pas été bloquée, on ne serait pas descendus. Tiens, regarde ce pauvre Dagobert. Il a l'air tellement malheureux de ne pas pouvoir courir après tous ces lapins.

Couché, la tête posée sur les pattes avant, Dagobert regarde, d'un air mélancolique, les lapins qui s'ébattent dans les herbes folles de la cour. Il lève le nez de temps en temps vers Claude, puis tourne à nouveau les yeux vers les lapins, comme hypnotisé.

— Non, Dago ! dit Claude avec fermeté. Ici les lapins sont sacrés. Je t'ai déjà prévenu.

— Il doit se dire que tu es de mauvaise foi, lance Annie. Tu lui as dit que tu partagerais ta part d'île avec lui. Du coup, il estime avoir droit aussi à la moitié de tes lapins.

Ils éclatent tous de rire. Dagobert agite la queue et adresse à Claude un regard plein d'espoir.

Ils continuent leur chemin, et soudain François s'arrête, le doigt pointé vers le sol.

— Regardez ! s'écrie-t-il. Il y a bien eu des gens ici : on a allumé du feu.

Ils font un cercle autour du tas de cendres.

— Si jamais quelqu'un s'avise de venir ici, je lâche Dagobert à ses trousses, dit Claude furieuse. Écoute, Dago, pour les lapins, c'est non, mais tu peux chasser tout ce qui a deux pattes ! Enfin, sauf nous, bien sûr ! D'accord ?

— Ouah ! lance Dagobert en agitant la queue. Il inspecte aussitôt les environs à la recherche d'une proie.

— La mer a dû se retirer, maintenant, dit François. Allons-y. Annie, il vaut mieux que tu restes sur la plage, tu risquerais de glisser.

— Jamais de la vie ! crie la fillette avec indignation.

— Bon, on verra si ce n'est pas trop dangereux, concède son frère aîné.

Ils sautent par-dessus le rempart et descendent vers les rochers qui se dressent en épis jusqu'en pleine mer.

De hautes vagues écument encore de temps en temps autour, mais le chemin paraît assez facile.

— Tu peux venir, Annie, à condition de marcher entre Mick et moi, dit François.

Alors qu'ils escaladent les rochers déchiquetés et glissants, la marée continue de descendre, et bientôt tout danger d'être emporté par une vague disparaît. Il est même possible d'atteindre l'épave sans se mouiller, contrairement à l'année précédente.

— Et voilà ! dit François en posant la main sur la vieille coque.

Vue de près, l'épave est assez impressionnante. Ses côtés couverts d'algues et de coquillages dégagent une forte odeur de moisi. L'eau clapote encore autour de la quille, mais le pont et le bastingage restent hors de l'eau même quand la mer est haute.

— L'hiver a été rude pour ce pauvre vieux bateau, remarque Claude. Il y a plein de nouveaux trous dans la coque ; le mât est cassé et le pont a l'air démoli. Je ne vois vraiment pas comment on va grimper là-haut.

— J'ai apporté une corde, répond Mick. Attends une seconde, je vais essayer de lancer un nœud coulant autour de ce bout de mât qui dépasse.

Après deux ou trois essais infructueux, Claude, impatiente, lui arrache le lasso des mains. Elle réussit du premier coup à glisser le nœud coulant autour du mât.

Claude grimpe à la corde avec une grande agilité et se dresse sur le pont glissant. François aide Annie à se hisser après elle, puis monte à son tour, suivi de Mick.

— Quelle odeur ! s'écrie Annie en se bouchant le nez. Je n'ai aucune envie de redescendre

dans les cabines comme l'année dernière. Ça doit être irrespirable là-dessous.

Ils laissent donc Annie seule sur le pont à demi détruit pour explorer l'intérieur du bateau. Ils inspectent les cabines des marins et le poste du capitaine, envahis par les algues. Mais il est évident qu'ils ne pourront pas y ranger leurs provisions et encore moins y dormir. L'humidité et la moisissure règnent. François craint à chaque instant que le plancher s'écroule.

— Remontons sur le pont, dit-il. C'est intenable ici.

Ils se mettent en route quand ils entendent Annie crier :

— Hé ho ! Venez ! J'ai trouvé quelque chose !

Ils accourent aussi vite que le permet l'inclinaison du pont glissant. Annie, plantée à l'endroit même où ils l'ont laissée, désigne d'un air ravi un objet de l'autre côté du pont.

— Qu'est-ce qu'il y a ? demande Claude.

— Regardez ! Je suis sûre que ça n'y était pas quand on est venus l'an dernier, reprend Annie, le doigt toujours tendu.

Les trois autres se tournent dans la direction indiquée. Ils aperçoivent un coffre entrouvert. Il contient une petite valise noire.

— Une valise ! s'exclame François. Non, elle n'y était sûrement pas la dernière fois !

D'ailleurs, ça ne peut pas faire longtemps qu'elle est là : elle est sèche et pratiquement neuve. Mais qu'est-ce qu'elle peut bien faire ici ?

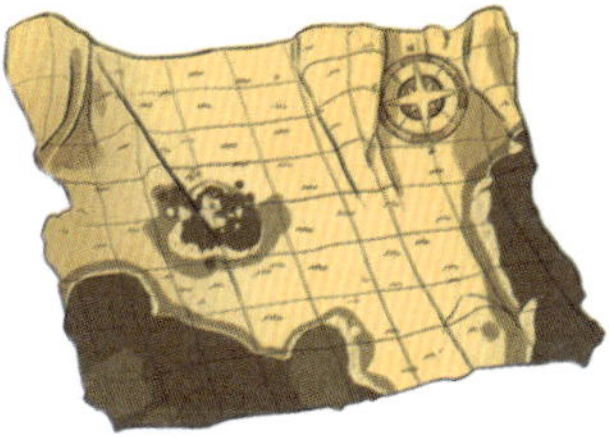

CHAPITRE 12

La grotte dans la falaise

Les enfants traversent le pont avec prudence. François sort la valise du coffre.

Tous sont intrigués. Une valise n'a rien à faire dans un endroit pareil.

— Et si c'était de la contrebande ? suggère Mick, les yeux brillants.

— Oui, peut-être, répond François, pensif, qui tente de défaire les attaches de la valise. C'est vrai que l'épave est l'endroit idéal pour déposer ou récupérer des marchandises sans se faire repérer.

— Oh ! s'exclame Annie, que cette idée fait frémir d'excitation. Tu crois qu'il peut y avoir des diamants dans la valise ?

— Des diamants ou n'importe quel produit pour lequel il y a des droits de douane, répond François. Je commence à en avoir marre de ces attaches, elles sont impossibles à défaire !

— Laisse-moi essayer, dit Annie dont les doigts fins sont très agiles.

En moins de temps qu'il ne faut pour le dire, les boucles cèdent. Mais les enfants sont déçus : ils découvrent deux solides serrures sur la valise et pas la moindre clef.

— Décidément, on n'a pas de chance, soupire Claude. Comment est-ce qu'on va faire pour l'ouvrir ?

— Je n'en sais rien, dit François. Si on fait sauter les verrous, les propriétaires de la valise comprendront immédiatement qu'elle a été ouverte. Et il ne faut surtout pas qu'ils se doutent de notre découverte, si on veut essayer de les prendre sur le fait.

— Prenez garde à vous, messieurs les contrebandiers ! lance Annie d'un ton de défi. Oh ! François, tu penses vraiment qu'on arrivera à les attraper ?

— Pourquoi pas ? Personne ne nous a vus venir ici. Si un bateau mouille devant l'île et envoie un canot à terre, on sera aux premières loges pour le surveiller à condition de nous cacher dès qu'on l'apercevra. Je pense que l'île de Kernach doit servir de cachette pour les marchandises de contrebande.

— On va bien s’amuser, dit Mick. C'est vraiment génial. À chaque fois qu’on débarque sur l’île, il nous arrive une nouvelle aventure.

— Pour l’instant, je crois qu’il vaut mieux revenir sur la terre ferme, coupe François en constatant que la mer remonte. Je descends le premier. Annie, suis-moi et ne lâche pas la corde.

Ils escaladent de nouveau les rochers, le cœur joyeux. Ils sont tout près de la côte lorsque Mick s’arrête net.

— Qu’est-ce qui se passe ? demande Claude qui marche juste derrière et à qui il bloque le passage. Avance !

— Regarde là-bas, derrière ce gros rocher. J’ai l’impression qu’il y a une grotte. Si elle est au-dessus du niveau de l’eau, elle pourrait nous servir de garde-manger et peut-être aussi de chambre à coucher.

— Mais non, il n’y a pas de grotte sur l’île... répond Claude.

Elle s’interrompt aussitôt. Ce que lui montre Mick ressemble bel et bien à l’entrée d’une caverne. Ça vaut la peine de vérifier. Claude se rappelle qu’elle n’a jamais exploré ce banc de récifs. Or la grotte, si grotte il y a, n'est visible que de cet endroit précis.

— Allons voir, dit-elle.

Ils abandonnent donc l'escalade des rochers et prennent la direction de l'amoncellement d'écueils au bas de la falaise.

Ils ont du mal à retrouver le trou au milieu du labyrinthe des blocs écroulés. Il est trop bien caché pour qu'on devine son existence, à moins de se trouver exactement à l'emplacement où était Mick quand il l'a aperçu.

— C'est bien une grotte ! s'exclame ce dernier. Elle est magnifique.

Il n'exagère pas. Le sol est recouvert de sable blanc très fin et parfaitement sec, car les vagues ne montent pas jusque-là, sauf peut-être pendant les grandes tempêtes d'hiver. À mi-hauteur, l'une des parois forme une petite avancée.

— On dirait une étagère faite exprès pour nous, commente Annie. On pourrait y mettre toutes nos affaires. Installons-nous ici ! Regarde, François, il y a même une lucarne.

Les autres lèvent le nez vers l'endroit que désigne la fillette. Le plafond de la grotte s'est effondré en partie, et une sorte de petit tunnel relie la caverne au sommet de la falaise.

— On pourrait faire glisser nos bagages par là avec une corde, dit François. Ce sera plus facile

que de les transporter par les rochers. La falaise n'est pas très haute de ce côté de l'île. En fixant solidement la corde à un arbre, on pourrait même utiliser cette lucarne, comme dit Annie, pour sortir de la grotte au lieu d'escalader les rochers à chaque fois.

La découverte est importante.

— Et dire qu'on croyait connaître l'île sur le bout des doigts ! Ça, c'est une bonne surprise, conclut Annie.

Le plus urgent est de grimper sur la falaise pour rechercher le trou qui permettra de pénétrer dans la grotte par en haut.

Les enfants atteignent bientôt le sommet de la falaise.

— C'est sacrément dangereux, en tout cas, commente François en se penchant au-dessus de l'ouverture. On aurait pu tomber dedans en jouant. L'entrée est complètement cachée par les ronces.

Ils s'égratignent un peu pour dégager l'orifice. Une fois les ronces enlevées, on aperçoit très nettement l'intérieur de la grotte.

— Ce n'est pas très haut, remarque Annie. On pourrait même sauter jusqu'en bas.

— Surtout pas ! dit François. C'est le meilleur moyen de se casser une jambe. Il vaut mieux installer une corde. Comme ça, on pourra aussi bien monter que descendre.

Les quatre enfants vont chercher les provisions qu'ils ont déchargées du bateau tout à l'heure. Puis François prend une corde et se met à y faire des nœuds à intervalles réguliers.

— Ça nous servira d'appui, explique-t-il. Si on se laisse glisser trop vite, on va s'arracher la peau des mains.

— Je passe la première et vous m'envoyez les affaires, propose Claude.

— Comment est-ce qu'on va faire pour Dago ? dit François.

Mais Dagobert, qui a observé d'un œil inquiet la disparition progressive de sa petite maîtresse, règle lui-même la question en sautant directement dans le trou. Un cri s'échappe de la grotte.

— Oh ! Dago, tu n'es pas blessé ? s'écrie Claude.

Le sable sec qui tapisse le fond de la grotte est doux comme un coussin, et Dagobert a atterri intact. Il se secoue et aboie joyeusement tellement il est heureux d'avoir rejoint sa petite maîtresse. Il n'allait tout de même pas la regarder s'engouffrer dans un trou mystérieux sans l'y suivre immédiatement !

Les enfants se mettent ensuite à descendre leurs affaires. Annie et Mick les groupent en ballots bien serrés dans les couvertures et François les fait glisser avec précaution par le trou. Claude détache les paquets et renvoie aussitôt la corde.

— Voilà le dernier ! crie enfin François, au bout d'un long moment de travail acharné. Maintenant, c'est à nous ! Et la première chose à faire, c'est nos lits !

— On ferait bien de se dépêcher si on veut récupérer de l'herbe sèche pour nos matelas, reprend Claude d'une voix ensommeillée.

— De l'herbe sèche ? Pour quoi faire ? réplique Mick. Le sable me suffit amplement ! Avec un coussin et une ou deux couvertures, je suis sûr de dormir comme un bébé !

CHAPITRE 13

Une journée dans l'île

Le lendemain, en se réveillant, les enfants mettent un moment à se rappeler où ils sont. Les rayons du soleil se glissent par l'entrée de la grotte.

— Je vais ramasser de la bruyère, déclare Annie. Au début le sable, c'est très doux, mais après un certain temps, il se tasse et devient franchement inconfortable.

Les autres acquiescent en chœur.

— Il n'y a rien de plus excitant que de vivre dans une caverne ! s'écrie Mick.

— Ça vous dirait un petit bain avant le déjeuner ? propose François. Et ensuite, à nous les tartines à la confiture !

— On aura sûrement froid en revenant, dit Claude. Si on allumait le réchaud maintenant ? Le lait bouillira pendant qu'on se baigne et on aura du chocolat fumant pour se réchauffer à notre retour.

— Excellente idée, s'écrie Annie. Je vais remplir la casserole !

Une fois le lait sur le réchaud, les enfants partent se baigner.

Dans le creux des rochers l'eau est claire et tiède. Les enfants s'amusent comme des fous, s'éclaboussant, nageant ou se laissant flotter au soleil. Claude se hisse sur un rocher pour tenter un plongeon, qui est parfaitement réussi.

— On voit très bien l'épave d'ici, remarque François en sortant de l'eau.

— Si les contrebandiers viennent, ils passeront probablement de ce côté de l'île et enverront un canot à l'épave, dit Claude en se séchant énergiquement. Il va falloir ouvrir l'œil pour ne pas manquer les bateaux qui s'approcheront d'ici.

— Oui, mais il ne faut pas qu'ils nous repèrent, dit Mick. S'ils se doutent de notre présence, ils arrêteront tout de suite d'utiliser l'île comme port d'attache. Je propose qu'on monte la garde à tour de rôle pour pouvoir se cacher à la moindre alerte.

— Approuvé à l'unanimité ! s'écrie François. Courons jusqu'à la grotte pour boire quelque chose de chaud. Et manger ! J'ai une faim de loup !

Les autres éclatent de rire. Ils ont aussi faim que François. Ils s'élancent en bondissant sur le sable, à travers les rochers, jusqu'à l'entrée de la grotte illuminée par le soleil.

Un mince filet de fumée commence à s'élever de la casserole.

— Claude, tu t'occupes du chocolat chaud ? dit François.

La journée s'annonce merveilleuse. Le ciel bleu se confond presque avec la mer. Tout en mangeant des tartines et en buvant de grands bols de cacao, les enfants regardent les vagues se propulser contre les roches qui entourent l'épave et retomber en flots d'écume. La mer est sauvage de ce côté-là.

— La première chose à faire, c'est d'installer nos affaires, dit Annie qui est la plus soigneuse des quatre. Puisqu'on va habiter dans la grotte, il nous faudra quatre lits et quatre sièges. Et on rangera les provisions sur l'espèce d'étagère de la paroi.

— Et moi, je propose de laisser Annie arranger la grotte à son goût, dit Claude qui meurt d'envie de se dégourdir les jambes. Pendant ce temps-là, on ramassera de la bruyère. Vous pensez que ça vaut la peine de continuer à surveiller l'épave ?

— Bien sûr que oui, répond François. Je vais prendre le premier tour de garde sur la falaise juste au-dessus de la grotte. À mon avis, c'est le meilleur endroit. L'un de vous prendra la relève dans deux heures.

Mick et Claude partent cueillir les herbes, et François grimpe le long de la corde à nœuds qu'ils ont fixée la veille à la souche d'un énorme buisson. Il se hisse sur la falaise et s'étend sur le sol.

Mis à part un chalutier à l'horizon, la mer paraît parfaitement déserte. François s'installe confortablement, ravi de se chauffer au soleil. Son rôle de sentinelle s'annonce agréable.

Annie s'amuse beaucoup ce matin. Elle dispose ensemble sur l'étagère de pierre les couteaux, les fourchettes, les cuillers et la vaisselle ; puis, à côté, la casserole et la poêle, et enfin les boîtes de conserve, rangées par catégorie comme dans un garde-manger. C'est parfait. Elle enveloppe le pain dans un torchon et le dépose au fond de la grotte dans l'endroit le plus frais qu'elle peut trouver. Elle place là aussi les bonbonnes d'eau, les bouteilles de limonade et les cartons de lait. Elle se met ensuite à faire les lits.

Elle décide de dresser deux grandes couchettes, une de chaque côté de la grotte.

« Claude, Dago et moi, on s'installera ici, songe-t-elle en tassant la bruyère pour en faire un matelas. François et Mick dormiront en face. »

Les lits sont bientôt prêts, une couverture en guise de drap de dessous, deux autres bordées par-dessus, et un oreiller par personne.

François descend à ce moment par le trou et regarde autour de lui avec admiration.

— Annie, tu as fait des merveilles. La grotte est splendide. Et comme tout est bien rangé !

Annie sourit de plaisir.

— C'est vrai que je suis assez fière de moi. Mais pourquoi est-ce que tu as quitté la falaise ?

— C'est le tour de Mick, maintenant. Claude et Dagobert lui tiennent compagnie. Tu viens ? On monte les rejoindre.

Annie s'empresse de grimper sur la falaise, tandis que François remonte par la corde. Bientôt ils sont installés tous les cinq à l'ombre du buisson et se lancent dans une joyeuse discussion sur leurs projets de la semaine. Ils flânent gaiement jusqu'au soir.

Mais ils ont beau se relayer consciencieusement, aucun navire n'apparaît à l'horizon. Ils sont très déçus, car ils meurent d'envie de savoir qui a déposé la valise dans l'épave, pourquoi on l'a mise là et ce qu'elle contient.

— Allons nous coucher, dit François quand le soleil a presque disparu. Il est près de vingt et une heures. Venez, je suis pressé de tester les beaux lits de bruyère qu'Annie nous a fabriqués !

CHAPITRE 14

Dagobert donne l'alarme

Il fait sombre dans la grotte, mais pas assez peut-être pour avoir besoin d'éclairage. Pourtant, la grotte est si belle à la clarté des bougies que les enfants ne résistent pas à la tentation d'en allumer quelques-unes. Dès qu'Annie a craqué une allumette, des ombres fantastiques se mettent à courir sur les parois, transformant complètement la caverne.

— On pourrait peut-être faire du feu, non ? propose Annie.

— Bof... On aurait trop chaud, répond François. Et puis, de toute façon, il n'y a pas de cheminée.

— Mais si ! (Annie désigne le trou de la

voûte.) Si on fait le feu juste dessous, la fumée sera aspirée exactement comme dans une cheminée !

— Pas sûr, réplique Mick après une seconde de réflexion. On va s'enfumer et après, on ne pourra pas dormir de la nuit.

— Alors installons nos bûches à l'entrée de la grotte, insiste Annie.

— Je ne me sens pas d'attaque pour aller chercher du bois à une heure pareille, dit Mick qui n'a aucune envie de bouger de son siège confortable.

— Pas la peine de te déranger, reprend Annie. J'en ai ramassé cet après-midi, en me disant qu'on en aurait peut-être besoin.

— Bravo, Annie. Eh bien, tu vas l'avoir, ton feu ! dit François en riant.

Ils se dirigent vers le fond de la grotte où Annie a entassé la provision de bois. François part récolter des algues sèches pour ajouter au tas.

Le bois sec placé à l'entrée de la caverne s'embrase aussitôt. Les enfants retournent se coucher sur leurs lits de bruyère et s'accoudent pour contempler les flammes dansantes.

Bientôt ils s'endorment et plongent dans de doux rêves.

Soudain un bruit bizarre réveille François en sursaut. Il écoute, immobile.

— G-r-r-r-r-r. G-r-r-r-r-r.

C'est Dagobert qui gronde. Le feu s'est éteint.

Claude s'éveille à son tour et étend la main vers son chien.

— Qu'est-ce qu'il y a, Dago ?

— Il a entendu quelque chose, souffle François.

Claude se redresse avec précaution. Dagobert grogne toujours.

— Chut ! fait Claude et il s'arrête, mais reste aux aguets, les oreilles dressées.

« C'est peut-être les contrebandiers », murmure Claude qui a la chair de poule rien qu'à cette idée.

En plein jour, l'idée de rencontrer les contrebandiers est amusante, mais la nuit... Claude n'a plus aucune envie de se trouver nez à nez avec eux.

— Je vais aller voir ce qui se passe, dit François en se glissant hors de la couchette sans bruit pour ne pas réveiller Mick. Je grimpe sur la falaise. Je verrai peut-être quelque chose de là-haut.

Il se hisse dans l'ombre. Une fois arrivé au sommet de la paroi rocheuse, il examine la mer.

La nuit est très sombre et il est impossible de voir quoi que ce soit, même l'épave. Il fait trop noir.

« En plus, il n'y a pas de lune ce soir », songe François.

Il fait le guet depuis quelques minutes lorsque la voix de Claude lui parvient par le trou. Venant d'en bas, elle a une sonorité bizarre.

— François, tu vois quelque chose ? Tu veux que je monte ?

— Je ne distingue rien du tout. Est-ce que Dago grogne toujours ?

— Oui, dès que je lâche son collier. Je me demande pourquoi il est tellement énervé.

C'est alors que François aperçoit une lumière derrière la ligne des rochers. Il s'efforce de percevoir d'où elle vient malgré l'obscurité. L'épave se trouve de ce côté. Quelqu'un doit être en train de se promener dessus avec une lampe électrique.

Il se baisse vers le trou et appelle :

— Claude, monte vite !

Avec souplesse, Claude grimpe jusqu'à lui tandis que Dagobert continue à gronder dans la grotte. Elle s'assied à côté de François sur la bruyère.

— Regarde du côté de l'épave. Tu verras de la lumière.

— Ah oui ! Tu crois que c'est les contrebandiers qui apportent d'autres marchandises ?

— Ou quelqu'un qui vient chercher la valise. On le saura demain. Tiens ! La lumière faiblit : ils doivent être en train de partir. Ils ont certainement utilisé un canot pour atteindre l'épave.

Les enfants tendent l'oreille pour essayer d'entendre un clapotis de rames ou des bruits de voix. Ils ont l'impression que quelqu'un est en train de parler.

— Le canot est probablement reparti vers un bateau au large, dit François. Il me semble qu'il y a une lueur en mer, là-bas, tu vois ? Le canot venait peut-être de là.

N'ayant plus rien à faire sur la falaise, ils se laissent glisser le long de la corde en prenant soin de ne pas réveiller les deux autres qui dorment toujours profondément. Dagobert les accueille à grands coups de langue. Il ne grogne plus.

— Oui, tu es un bon chien ! lui dit François. Et tu as l'oreille fine. Rien ne t'échappe.

Dagobert s'installe de nouveau près de Claude. Sa nervosité a disparu. Maintenant que les inconnus se sont éloignés du vieux bateau échoué, il se calme.

— On inspectera l'épave demain, décide François. On découvrira peut-être ce qui s'est passé ce soir.

Le lendemain matin, Annie et Mick poussent des cris d'indignation quand François leur raconte l'incident de la nuit précédente.

— Tu aurais pu nous réveiller quand même ! dit Mick en s'emportant.

— Il n'y avait rien à voir ! réplique Claude. Mis à part cette lampe électrique, on n'a rien distingué du tout. On a eu l'impression d'entendre des voix, mais on n'en est même pas sûrs.

Quand la mer est suffisamment basse, les quatre enfants et le chien se dirigent vers l'épave à travers les rochers.

Ils grimpent le long de la coque et montent sur le pont incliné et glissant. Leur premier regard est pour le coffre où ils ont aperçu la petite valise. Le couvercle est fermé.

François essaie de le soulever, mais quelqu'un l'a bloqué avec un morceau de bois. Une fois la cale retirée, la valise s'ouvre facilement.

— Rien d'intéressant ? demande Claude qui s'approche à pas prudents.

— Si, regarde, des boîtes de conserve et tout un matériel de camping. C'est bizarre, tu ne trouves pas ? Là il y a des bougies... et une lampe électrique. Et des couvertures. Qu'est-ce que tout ce matériel peut bien faire là ?

C'est une énigme. François fronce les sourcils.

— C'est comme si quelqu'un prévoyait de s'installer ici. Probablement pour attendre l'arrivée des marchandises de contrebande. Puisque c'est ça, on guettera nuit et jour s'il le faut ! Le Club des Cinq est prêt à tout !

Ils quittent l'épave absolument ravis. Personne ne peut se douter de leur présence, car la grotte est une cachette idéale. Et de là, ils verront tous ceux qui tenteront d'aborder l'épave ou de débarquer dans l'île.

— Vous avez pensé à la baie où on a laissé le canot ? demande soudain Claude. Les contrebandiers voudront peut-être y accoster s'ils arrivent par mer. Il y a trop de rochers pour ramer directement de l'épave à la plage qui est en face.

— Mais alors ils trouveront le canot, dit Mick avec inquiétude. Il vaudrait mieux le cacher.

— Oui mais où ? lance Annie qui se rend compte de la difficulté de dissimuler une aussi grosse barque.

— Je n'en sais rien, dit François. Allons y faire un tour.

Les quatre enfants et le chien se dirigent vers l'anse où ils ont débarqué. Claude l'explore avec soin, et une idée lui vient.

— Vous croyez qu'on pourrait tirer le bateau derrière ce gros rocher ? Personne ne devinera qu'il est là, à moins de faire le tour.

— C'est parti ! décident les autres à l'unanimité.

Ils s'attellent donc au bateau et, tant bien que mal, réussissent à le traîner derrière le roc, qui le masque presque complètement.

— Parfait, dit Claude qui s'est reculée pour mieux juger de l'effet. Mais on voit un petit peu l'avant. Il faudrait le camoufler.

Ils cachent la proue sous des algues, et une fois leur travail terminé, le bateau est parfaitement invisible, à moins de contourner le rocher.

— On a fait du bon travail ! s'écrie François en regardant sa montre. Dites donc, il est tard... On n'a pensé qu'au bateau et on a complètement oublié de monter la garde ! C'est malin...

— Bah ! Qui peut bien venir maintenant ? demande Mick en ajoutant une dernière guirlande d'algues pour parfaire le camouflage. À mon avis les contrebandiers ne se déplacent que de nuit.

— Tu as sûrement raison, reconnaît François. Il faudra surveiller l'île en permanence. Le guetteur s'installera avec des couvertures sur la falaise.

— Et Dago lui tiendra compagnie. Au pire, même s'il s'endort, Dag le réveillera en grognant dès qu'il entendra quelqu'un de suspect approcher, complète Annie.

— Tu veux dire si *toi*, tu t'endors ! commente Mick d'un ton malicieux. Allez, on retourne à la grotte maintenant ?

Les enfants se mettent en route. Mais au bout d'un moment, Dagobert se remet à gronder.

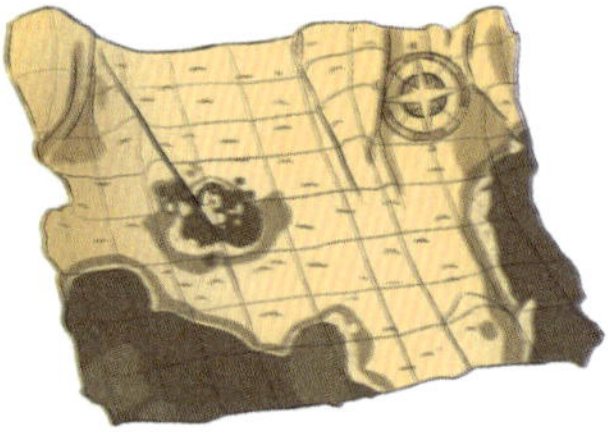

CHAPITRE 15

Qui est dans l'île ?

— Tout le monde derrière ce buisson, vite ! ordonne aussitôt François.

Les enfants étaient déjà en vue du château quand Dagobert a commencé à gronder. Ils s'aplatissent derrière un amas de ronces, le cœur battant.

— Chut ! souffle Claude à l'oreille de Dagobert. Il obéit, mais reste aux aguets.

François écarte les ronces et tend le cou. Il aperçoit une silhouette dans la cour du château, puis une autre. Il lui semble en distinguer une troisième, mais soudain elles disparaissent avant qu'il ait eu le temps de se rendre compte de leur nombre exact.

— Ils ont dû enlever les pierres qui bloquaient la porte des souterrains et ils y sont descendus, chuchote-t-il. Ne bougez pas. Je vais ramper jusque là-bas pour vérifier. Ne vous inquiétez pas, je serai prudent.

Il revient bientôt.

— Il n'y a plus personne en haut. C'est peut-être les contrebandiers... Ils stockent peut-être leurs marchandises dans les cachots. C'est l'endroit rêvé.

— Retournons à la grotte pendant qu'ils sont en bas, propose Claude. Dago risque de nous trahir s'il se met à aboyer.

— D'accord, dit François, mais je crois qu'il vaut mieux passer par la plage plutôt que traverser la cour. Quand on sera dans la grotte, je monterai par le trou et je me cacherai derrière le gros buisson pour surveiller ces fameux contrebandiers.

Ils atteignent enfin la caverne. Mais François a à peine commencé à grimper que Dagobert disparaît.

— Dago ! lance Claude à voix basse. Dago, où es-tu ?

Elle n'obtient aucune réponse. Pourvu que les contrebandiers ne l'aperçoivent pas ! Claude est furieuse contre lui.

Mais Dagobert a reconnu une odeur qu'il

connaît bien. C'est une odeur de chien, et il a décidé de trouver ce dernier pour lui croquer la queue et les oreilles :

« G-r-r-r-r ! » Pas question qu'il y ait un autre chien que lui sur cette île !

François s'est blotti contre le buisson pour inspecter les alentours. Rien sur l'épave et rien au large. La barque qui a transporté les inconnus est certainement dissimulée dans les rochers au pied de la falaise. François se retourne ensuite vers le château et reste abasourdi.

Un chien gambade parmi les bruyères, le nez à terre, pas très loin de lui. Et derrière l'animal insouciant, rampe Dagobert, le poil hérissé. Le roquet devine soudain une présence ennemie et d'une volte-face se retrouve nez à nez avec le chien de Claude. Celui-ci fonce sur sa victime dans un aboiement terrifiant, et le petit animal glapit de terreur.

François les observe, pétrifié.

Les deux combattants font un bruit épouvantable, surtout le plus petit, dont les jappements de terreur résonnent dans toute l'île.

« Les contrebandiers vont les entendre et, s'ils voient Dago, ils vont tout de suite comprendre que l'île est habitée, songe François. Oh ! Dago, pourquoi est-ce que tu ne t'es pas tenu tranquille ? »

Au milieu des ruines, trois silhouettes apparaissent. Elles se précipitent au secours du chien gémissant... François reste bouche bée. Car les intrus ne sont autres que les trois Friot !

— C’est pas possible ! marmonne François en rampant autour du buisson pour regagner son trou. Ils nous poursuivent ! À tous les coups, ils ont deviné qu’on était réfugiés là et ils nous cherchent pour nous obliger à rentrer. Eh bien, ils ne sont pas près de nous trouver. En attendant, merci de nous avoir dénoncés, Dago !

Un sifflement aigu retentit sous les pieds de François. C'est Claude qui, inquiétée par les bruits de bagarre, appelle son chien. Dago obéit toujours quand sa maîtresse le siffle. Il lâche aussitôt sa proie et s’élance vers le bord de la falaise au moment précis où les Friot arrivent sur le champ de bataille. Les parents ramassent leur roquet tout tremblant pendant qu’Éric s’élance à la poursuite de Dagobert.

François se laisse glisser au fond de la grotte dès qu’il aperçoit Éric. Dagobert fonce vers le trou, plonge hardiment et atterrit pratiquement sur François. Il bondit aussitôt vers Claude, frémissant d’excitation.

— Tais-toi, s’il te plaît ! ordonne Claude tout bas. Tu vas nous trahir, espèce d’idiot !

Éric arrive au sommet de la falaise à bout

de souffle et il est stupéfait de constater que Dagobert s’est volatilisé. Il cherche de tous les côtés pendant quelques minutes sans succès.

M. et Mme Friot le rejoignent.

— Où est passé ce chien ? lance Mme Friot. Tu as vu à quoi il ressemblait ?

— On aurait dit le monstre de Claude et ses cousins, dit Éric.

Sa voix parvient distinctement aux oreilles des quatre enfants tapis dans la grotte. Pétrifiés, ils retiennent leur respiration.

— C'est pas possible, reprend la voix de Mme Friot. Les gamins sont rentrés chez eux. On les a vus partir à la gare avec leur sale bête. Le chien que tu as vu doit appartenir à des campeurs qui l’ont oublié ici.

— N’empêche que ça ne nous dit pas où il a disparu.

C’est la voix rauque de M. Friot.

— Il s’est enfoncé dans la terre, répond Éric, la voix encore un peu étranglée par la surprise.

M. Friot pousse un cri de mépris.

— Tu racontes vraiment n’importe quoi, mon pauvre Éric ! Enfoncé dans la terre ! Il est tombé du haut de la falaise, plutôt ! Cette maudite créature a mordu Théo. Si jamais je l’attrape, je l’assomme.

— Ce chien ne peut pas être bien loin, dit Mme Friot. Cherchons un peu.

À eux quatre, les enfants ne font pas plus de bruit qu'une souris. Claude retient Dagobert par le collier pour l'empêcher de s'enfuir ou d'aboyer. Le danger est proche : les Friot sont à peine à quelques mètres d'eux. François s'attend à chaque seconde à ce que l'un d'eux trébuche et tombe dans le trou.

— Si c'était bien le chien des enfants, ça veut dire qu'ils sont venus s'installer ici au lieu de retourner chez eux, dit Mme Friot. Et dans ce cas, ils nous gênent. Il faut absolument vérifier. Je ne serai pas tranquille tant que je ne serai pas certaine qu'ils ne sont pas dans le coin.

— Ne t'énerve pas, ça ne prendra pas longtemps, réplique M. Friot. S'ils sont dans les parages, on trouvera forcément leur bateau près d'ici. De toute façon, ça ne devrait pas être bien difficile de mettre la main sur quatre enfants, un chien et un canot sur une île aussi petite ! Éric, cherche de ce côté. Toi, Angèle, regarde du côté du château. Ils se sont peut-être cachés dans les ruines. Moi, je vais voir par là.

Les enfants se font tout petits dans leur grotte. Dagobert gronde très bas, regrettant de ne pas pouvoir courir après Fléau. Il a été ravi de planter ses dents dans les oreilles de ce vilain cabot.

En fait, Éric ne tient pas du tout à découvrir les enfants. Et il souhaite encore moins tomber sur Dago au détour d'un rocher. Il mène donc ses recherches très mollement.

Il descend dans la baie où est caché le bateau, mais ne remarque pas la proue couverte d'algues qui dépasse du rocher.

— Rien par ici ! crie-t-il à sa mère qui examine les ruines pierre par pierre.

Comme leur fils, les parents Friot reviennent bredouilles.

— Ça devait être un chien perdu, conclut M. Friot. Il faudra y faire attention, car j'ai l'impression qu'il est très sauvage.

Les enfants attendent encore une heure sans broncher, et ne se décident à bouger que lorsqu'ils sont sûrs que les Friot ont bien abandonné la partie. Ils ouvrent une bouteille de limonade et préparent des sandwiches. Ils ont attaché Dagobert de peur qu'il ne reparte en chasse après Fléau. Ils parlent à voix basse pendant tout le repas.

— Les Friot ne sont pas venus ici pour nous, résume François, puisqu'ils pensaient qu'on était rentrés chez nos parents avec Dagobert.

— Alors, qu'est-ce qu'ils font là ? l'interrompt Claude d'un ton furieux. C'est notre île ! Ils n'ont pas le droit de l'envahir comme ça.

Je veux qu'on les chasse ! Si on les menace de lâcher Dagobert à leurs trousses, ils décamperont dans la seconde !

— Mais non, Claude, sois un peu raisonnable, dit François. Ils seraient capables de prévenir ton père, et il nous ordonnera de rentrer à la maison.

François marque une pause, et reprend d'un air malicieux :

— D'ailleurs, je me demande...

— Quoi ? s'écrient les autres en chœur en voyant ses yeux briller.

— En fait, je me disais que les Friot étaient peut-être de mèche avec les contrebandiers. Ils doivent être chargés de récupérer les marchandises avant qu'elles soient transportées ailleurs en toute sécurité. M. Friot a un comportement suspect depuis le début. À mon avis, il doit s'y connaître en matière de contrebande. Je suis prêt à parier que sa femme et lui ont un lien avec les fraudeurs.

— Tu as sûrement raison ! s'exclame Claude. Attendons que les Friot s'en aillent et descendons dans les souterrains pour voir s'ils y ont caché quelque chose. On arrivera bien à les démasquer. Et on va bien s'amuser !

CHAPITRE 16

Les Friot ont une peur bleue

Mais les Friot ne s'en vont pas. Les enfants aperçoivent toujours l'un d'entre eux quand ils se hissent par le trou.

La nuit commence à tomber, mais les Friot n'ont pas l'air de vouloir partir. François se faufile jusqu'à la plage et découvre une barque abandonnée sur le sable.

— J'ai l'impression que les Friot sont décidés à passer la nuit ici, dit François d'un ton lugubre. Franchement, on n'a pas de chance. On se réfugie ici pour leur échapper et on s'est à peine installés qu'ils nous retombent déjà sur le dos !

— On pourrait leur faire peur, suggère Claude, dont les yeux luisent à la clarté de l'unique bougie allumée dans la grotte.

— Comment ça ? demande Mick avec intérêt.

Les idées de Claude, même les plus étranges, ont le don de le réjouir.

— Ils campent sûrement dans les oubliettes, puisque c'est le seul endroit où on peut encore s'abriter sur l'île.

— Oui, et alors ? dit Mick.

— Si on allait pousser un ou deux cris dans les souterrains ? Vous vous souvenez de l'écho qu'il y a là-dedans ?

— Oui, oui, je me rappelle ! lance Annie. Le pauvre Dago était terrorisé par ses propres aboiements. Il était persuadé qu'il y avait des milliers de chiens autour de lui. Il n'osait plus bouger.

— Bravo pour ton idée, Claude ! conclut François. Ce serait bien d'arriver à leur faire suffisamment peur pour qu'ils déguerpissent. Allez, en route !

— Et Dagobert ? Il vaudrait peut-être mieux le laisser ici ? s'inquiète Annie.

— Non, il montera la garde à l'entrée des souterrains, répond Claude. Il nous préviendra s'il y a le moindre danger. Pas question d'aller là-bas sans lui !

— Allons-y tout de suite ! dit François.

Les enfants se dirigent vers l'entrée du tunnel à la lueur de la lampe électrique de François.

— Écoute, Dago, tu vas rester ici sans bouger jusqu'à notre retour, murmure Claude à Dagobert. Aboie seulement si tu vois quelqu'un arriver. Sois sage et à tout à l'heure !

— Je crois que je ferais bien de rester avec lui, dit soudain Annie.

L'idée de pénétrer dans ces boyaux sombres et humides ne l'enchante plus tellement.

— On ne sait jamais, Dagobert pourrait avoir peur ou s'ennuyer tout seul... ajoute-t-elle

Les autres étouffent un petit rire. Ils ont bien compris qu'Annie est effrayée. François lui serre affectueusement le bras.

— C'est une bonne idée, dit-il avec gentillesse. Il vaut mieux que tu tiennes compagnie à Dago.

François, Claude et Mick s'engouffrent dans l'escalier qui mène aux oubliettes du vieux château.

Ils atteignent enfin les cachots taillés dans le roc. Il y en a de toutes les tailles, de très grands et d'autres minuscules, sombres et humides, où on enfermait les prisonniers dans le temps.

Les enfants se faufilent silencieusement le long des couloirs obscurs. François a emporté un morceau de craie et trace de temps en temps une marque sur les parois rocheuses pour pouvoir revenir ensuite sans se perdre.

Ils entendent tout à coup des voix et aperçoivent une lueur au loin. Ils s'arrêtent aussitôt pour mettre au point leur tactique.

— Ils campent dans la salle où on a découvert le trésor l'an dernier, dit François. On pourrait imiter des cris d'animaux pour les effrayer ! Vous avez une idée ?

— Je vais faire la vache ! chuchote Mick. Je suis très fort en meuglements !

— Et moi le mouton ! reprend François. Toi, Claude, tu seras un cheval. Personne ne hennit comme toi ! Vas-y, Mick, commence !

Et Mick se lance. Caché derrière un pilier, il ouvre la bouche pour proférer un meuglement interminable que l'écho reproduit à l'infini. On pourrait croire que des milliers de vaches se promènent dans le labyrinthe et meuglent en chœur.

— Meu-eu-eu-eu-eu-eu... Meu-eu-eu-eu !

Les Friot écoutent avec stupéfaction ce vacarme inattendu.

— Qu'est-ce que c'est, maman ? demande Éric, prêt à pleurer.

Fléau, terrifié, s'est blotti contre l'une des parois.

— On dirait... on dirait des vaches ! dit M. Friot d'un ton hésitant. Mais qu'est-ce que ces bêtes pourraient bien faire ici ?

— Ne sois pas stupide ! répond Mme Friot qui commence à se remettre de sa frayeur. Des vaches dans ces souterrains ! Et puis quoi encore ! Bientôt, tu vas me dire qu'il y a des moutons aussi !

Comme par hasard, François choisit précisément ce moment pour se mettre à bêler ! Son bêlement résonne des dizaines de fois, et bientôt, on a l'impression que c'est un troupeau entier de moutons perdus qui appelle au secours !

M. Friot se lève d'un bond. Il est blanc comme un linge.

— Ça, alors ! Des moutons, maintenant ! dit-il. Mais qu'est-ce qui se passe ? Maudits souterrains, j'ai horreur de ça.

— Bê-ê-ê-ê-ê-ê-ê-ê-ê ! Bê-ê-ê-ê !...

Un chœur de bêlements sinistres s'élève de toutes parts. Et Claude se met à hennir comme un cheval nerveux. La petite fille secoue la tête et lance un cri aigu, puis elle tape du pied pour imiter des claquements de sabots.

Le pauvre Fléau lâche un gémissement affolé. Il est mort de peur. Il se tasse contre le sol comme s'il voulait disparaître. Éric agrippe sa mère par le bras.

— Il faut remonter, dit-il. Il y a des centaines de vaches, de chevaux et de moutons fantômes qui rôdent, tu les entends ? J'ai peur !

M. Friot s'approche de la porte et lance d'une voix forte :

— Allez, sortez d'ici, qui que vous soyez ! Claude glousse et s'écrie d'une voix caverneuse :

— Prenez garde !

Et les échos rugissent après elle : « ... garde... garde... »

M. Friot rentre dans l'oubliette où sa famille a élu domicile, et allume une deuxième bougie. Puis il referme sur lui la lourde porte d'entrée. Ses mains tremblent.

— Bizarre, tout ça, dit-il. Ça ne donne pas envie de rester ici trop longtemps.

François, Claude et Mick pouffent tellement qu'ils n'arrivent plus à imiter vaches, chevaux et moutons. Claude tente de grogner comme un cochon et y réussit si bien que Mick est à deux doigts de s'étouffer de rire. Les grognements retentissent dans le souterrain d'une manière sinistre.

— C'est bon, on peut y aller, murmure François entre deux éclats de rire. Si je me retiens encore une minute, je vais exploser ! En route !

Les mains sur la bouche pour s'empêcher de rire, ils s'éloignent en suivant les repères tracés à la craie par l'aîné de la bande.

Une fois sortis du tunnel, les trois enfants

s'asseyent sur les marches à côté d'Annie et de Dagobert. Ils racontent, en riant, leur petite excursion.

— On a entendu M. Friot nous crier de nous en aller, dit Claude, et il avait l'air mort de peur. Quant à Fléau, il n'a pas poussé le plus petit grognement. Je parie que les Friot vont déguerpir dès demain, après une séance pareille. Ils ont dû avoir une peur bleue.

— Oui, dit François. On s'en est très bien tirés ! Dommage que je me sois mis à rire. Je voulais barrir comme un éléphant. Ç'aurait été drôle.

— C'est tout de même bizarre que les Friot soient venus dans l'île, dit Mick d'un air pensif. Je suis sûr qu'ils ont un lien avec les contrebandiers. Je parie que si Mme Friot s'est engagée chez tante Cécile, c'est pour être le plus près possible de l'île et agir rapidement quand les trafiquants auront besoin de son aide. Qu'est-ce que vous en pensez ?

— On pourrait rentrer à la maison dans ce cas ? suggère Annie qui tient beaucoup moins à vivre sur sa chère île maintenant que les Friot l'ont envahie.

— Rentrer ? Alors que l'aventure ne fait que commencer ? s'écrie Claude avec dédain. Tu es folle ou quoi ? Tu peux rentrer si tu veux, mais ne compte pas sur moi pour t'accompagner !

— Mais non, Annie va rester avec nous, dit François, qui sait combien sa petite sœur serait peinée qu'on lui dise de s'en aller toute seule.

— Les Friot ne vont pas faire long feu ici, j'en suis sûr.

— Si on allait se coucher ? propose Annie qui rêve de retrouver la grotte paisible et la lueur rassurante de la bougie.

La petite troupe se met donc en route. Quand les enfants sont à bonne distance des ruines du château, François allume sa lampe électrique. Il a peur qu'à cause de l'obscurité, l'un d'entre eux ne tombe dans le trou qui surplombe la caverne.

François éclaire les autres pendant qu'ils descendent. Il lève la tête machinalement vers la mer et se fige sur place.

Il y a une lumière au large, et cette lumière s'éteint et se rallume sans arrêt. François scrute l'obscurité. Il se demande ce que signifient ces signaux. Ils viennent apparemment d'un bateau au large. Les navigants ont certainement aperçu la lumière projetée par la lampe électrique du jeune garçon, et il semblerait qu'ils cherchent à communiquer avec lui !

« Les contrebandiers veulent peut-être déposer d'autres marchandises sur l'épave pour les Friot », songe François.

Les signaux se répètent pendant un bon moment, comme s'ils transmettaient un message. François ne réussit pas à le déchiffrer. Ce doit être un code convenu avec les Friot.

« En tout cas, ces trois imbéciles n'auront pas de nouvelles de leurs complices au large ce soir ! songe François en riant sous cape quand la lumière s'éteint définitivement. La famille Friot a bien trop peur des vaches, des chevaux et des moutons qui hantent les souterrains pour oser sortir se promener dans la nuit ! »

François a raison. Les Friot ne quittent pas leurs oubliettes. Rien au monde ne pourrait les faire bouger avant le jour.

CHAPITRE 17

Les terreurs d'Éric

Au réveil, les enfants engloutissent un copieux petit déjeuner de confiture d'abricot et de pain beurré qu'ils accompagnent de chocolat chaud.

— Je n'ai jamais si bien mangé ! s'écrie Annie. Depuis qu'on est à Kernach, on fait festin sur festin ! Je me demande si les Friot se régalent autant que nous...

— Sûrement ! lance Mick. Ils ont dû se faire un plaisir de vider toutes les armoires de tante Cécile.

— Oh ! tu crois ? répond Claude, scandalisée.

— Mais alors, qu'est-ce qui nous dit qu'ils n'ont pas volé d'autres choses ?

— Ils ne s'en sont probablement pas privés, intervient François en fronçant les sourcils. Je n'avais pas pensé à ça. Ça serait horrible si ta mère retrouvait sa maison mise à sac à son retour.

— Épouvantable, tu veux dire ! renchérit Annie, consternée.

— Ne m'en parle pas, dit Claude, furieuse. Avec cette famille de fous, on peut s'attendre au pire ! S'ils ont osé s'installer sur notre île, ils n'ont certainement pas hésité non plus à piller la maison ! Je voudrais bien en avoir le cœur net.

— On peut transporter pas mal de choses dans une barque... reprend François. S'ils se sont servis chez toi, ils ont forcément caché leur butin quelque part. Et à mon avis, les souterrains sont la meilleure cachette !

— On pourrait peut-être y jeter un coup d'œil ? suggère Mick.

— Oui, allons-y tout de suite ! lance Claude qui n'aime pas attendre. Annie, tu veux venir avec nous ?

Annie est tiraillée entre le désir d'accompagner les autres et la peur de tomber nez à nez avec les Friot. Finalement, elle décide de rester ranger la grotte.

Et voilà les aînés qui se faufilent par le trou de la voûte. Ils ont laissé Dagobert avec Annie, car ils craignent que l'animal ne se mette à aboyer.

Il gémit un peu quand Annie l'attache, mais finit par se calmer.

De leur côté, Claude, François et Mick se postent en observation à plat ventre sur la falaise. Il n'y a personne dans les ruines, mais au bout d'une ou deux minutes, les Friot émergent des souterrains. Ils ont l'air content de se retrouver au soleil, ce qui ne surprend pas les enfants, étant donné le froid et l'obscurité qui règnent dans les oubliettes.

Les Friot se dispersent dans la cour.

— Ils cherchent les animaux qu'ils ont entendus cette nuit ! souffle Mick à François.

M. et Mme Friot se dirigent vers la plage qui fait face à l'épave pendant qu'Éric part vers la petite salle où les enfants avaient eu l'intention de camper.

— Je vais suivre les Friot, murmure François aux autres. Vous deux, surveillez Éric !

François se faufile de buisson en buisson sur les traces des deux parents, pendant que Claude et Mick s'approchent du château avec précaution. Ils entendent Éric siffloter. Fléau trottine dans la cour.

Éric ressort de la salle en ruine avec, sur les bras, une pile de coussins. Claude rougit de colère en reconnaissant ces derniers et agrippe férocement l'épaule de Mick.

— Les plus beaux coussins de maman ! Les bandits ! chuchote-t-elle.

Mick est furieux, lui aussi. Il ramasse une motte de terre, vise avec soin et la lance. Elle atterrit entre Éric et Fléau et se brise en mille miettes.

Éric lâche les coussins et jette en l'air un regard stupéfait. Il est persuadé que quelque chose vient de tomber du ciel. Claude lance à son tour une autre motte de terre qui s'écrase sur Fléau. Le chien glapit et file se réfugier dans les souterrains.

Bouche bée, Éric examine les environs. Qu'est-ce qui se passe ? Mick attend qu'Éric se soit retourné dans la direction opposée pour recommencer à le bombarder.

Puis Mick émet un de ses sinistres meuglements de vache en détresse. Éric est tétanisé. Encore ces vaches ! Mais où sont-elles ?

Mick meugle de nouveau. Éric pousse un cri, retrouve soudain l'usage de ses jambes et s'engouffre tête la première dans l'escalier du souterrain où il disparaît avec un gémissement d'épouvante, abandonnant tous les coussins sur le sol.

— Vite ! crie Mick en bondissant. On a quelques minutes à nous ! Ramassons ces coussins et apportons-les ici. On ne va quand même pas les laisser aux Friot !

Les deux enfants s'élancent vers la cour, prennent les coussins et reviennent au triple galop s'aplatir dans leur cachette. Mick inspecte l'endroit où Éric se trouvait avant de pénétrer dans la cour.

— Si on allait voir ce qu'ils ont caché d'autre là-dedans ? dit-il.

— J'y vais ! Et toi, surveille l'entrée des souterrains. Si tu aperçois Éric, tu n'auras qu'à meugler et il disparaîtra !

— D'accord, dit Mick en souriant.

Et il court se poster près de l'escalier. Éric et Fléau demeurent invisibles. Claude inspecte la salle en ruine. Elle est furieuse. Les Friot n'ont eu aucun scrupule à s'emparer des affaires de sa mère ! Ils ont pris des couvertures, de l'argenterie et des tonnes de provisions.

Claude rejoint Mick :

— Il y a tout un tas d'affaires à nous ! chuchote-t-elle. Viens m'aider ! On arrivera peut-être à les récupérer avant que les Friot ne reviennent.

À ce moment, un coup de sifflet discret leur parvient. Ils se retournent et aperçoivent François qui s'approche en courant.

— Les Friot sont partis vers l'épave, dit-il. Ils ont un bateau en bas. M. Friot doit être sacrément bon marin pour naviguer entre ces rochers !

— Parfait. Ça nous laisse tout le temps qu'il

faut, dit Mick qui raconte à François la visite de Claude dans la chambre en ruine.

— Les voleurs ! François est indigné. Ça veut forcément dire qu'ils n'ont pas l'intention de retourner à la maison. Ils travaillent certainement avec les contrebandiers et comptent repartir directement d'ici dès qu'ils auront terminé leur affaire. À tous les coups, ils vont s'embarquer sur un cargo avec leur butin, et ils disparaîtront dans la nature !

— Ah, ça, il n'en est pas question ! réplique Claude, parce qu'on va tout déménager avant ! Mick, vas monter la garde pour nous prévenir au cas où Éric reparaîtrait ! Pendant ce temps, François et moi, on apportera les affaires à la grotte.

— Alors, il faut qu'on se dépêche ! ordonne François. Les Friot ne vont pas tarder à revenir. Ils ont dû aller chercher la valise et ce qui a été déposé dans l'épave. J'ai vu une lumière en mer la nuit dernière, tu te souviens ? C'était certainement un signal pour prévenir les Friot qu'il y avait du nouveau pour eux.

Éric ne pointe pas le bout du nez et Mick n'a qu'à attendre patiemment en regardant les autres travailler.

Au bout d'un assez long moment, Claude et

François poussent un soupir de soulagement et appellent Mick.

— Ça y est ! dit François. Je vais aller voir si les Friot reviennent. S'ils sont toujours sur l'épave, on aura le temps de tout mettre à l'abri.

Il est bientôt de retour.

— Leur bateau est encore là-bas. Finissons vite !

Les trois compagnons s'approchent du bord du trou de la grotte et appellent Annie :

— Annie ! On a des tas de choses à t'envoyer ! Attention, attrape !

Des objets de toutes sortes commencent à pleuvoir dans la grotte. Annie n'en croit pas ses yeux.

François enveloppe l'argenterie et tous les objets fragiles dans une couverture et les descend au bout de la corde.

— Quand j'aurai rangé ce que vous m'avez rapporté, on aura vraiment l'impression d'être installé dans un vrai palais ! s'écrie Annie.

Mais à peine les enfants sont-ils réunis dans la caverne qu'ils entendent un bruit de voix.

— Voilà les Friot ! dit François. Suivons-les pour voir leur tête quand ils s'apercevront que leur butin a disparu ! Venez vite !

Ils rampent sur la falaise comme des Indiens sur le sentier de la guerre et s'arrêtent derrière un énorme buisson qui forme un écran protecteur tout en constituant un excellent poste d'observation. Les Friot posent à terre la valise noire qu'ils ont prise avec eux et cherchent Éric des yeux. Mais celui-ci reste invisible.

— Où est passé ce gamin ? dit Mme Friot avec impatience. J'espère qu'il a eu le temps de ranger nos affaires. Éric ! Ouh-ouh ! Éric !

M. Friot va inspecter la salle du château en ruine.

— Il a tout descendu, dit-il. Il doit être dans les souterrains, cette salle est vide.

— Je lui avais pourtant dit de rester dehors quand il aurait terminé, dit Mme Friot. Ces caves sont malsaines. Éric !

Cette fois Éric l'entend, et sa tête surgit en haut des marches. Il a l'air terrifié.

— Tu viens, oui ? dit Mme Friot. Tu seras mieux au soleil.

— J'ai peur, réplique Éric. Je ne veux pas rester dehors tout seul.

— Pourquoi ? demande M. Friot surpris.

— À cause de ces vaches, répond le pauvre Éric. Il y en a des centaines qui meuglent et me lancent de la terre ! Elles sont féroces, ces bêtes-là !

CHAPITRE 18

Un prisonnier inattendu

Les Friot regardent leur fils comme s'il était devenu fou.

— Des vaches ? Qui lancent quoi ? finit par dire Mme Friot. Qu'est-ce que tu racontes ? Une vache, ça ne peut rien lancer du tout !

— Celles-là, si ! réplique Éric qui exagère aussitôt pour se faire plaindre. Elles étaient horribles. Il y en avait des centaines, avec des cornes grandes comme des défenses d'éléphant, et elles n'arrêtaient pas de meugler ! Et elles nous ont lancé des pierres à Théo et à moi. Il était mort de peur et moi aussi. J'ai lâché les coussins que je tenais et j'ai couru me cacher.

— Ils sont où d'ailleurs, ces coussins ?

demande M. Friot en regardant autour de lui. Tu ne vas pas nous raconter que ce sont les vaches qui les ont mangés, quand même ?

— Tu n'as rien emporté dans le souterrain ? demande Mme Friot. Alors comment se fait-il qu'il n'y ait plus rien dans le château ?

Éric s'avance prudemment.

— Je n'ai touché à rien. J'ai laissé tomber les coussins à peu près à l'endroit où vous êtes...

— Quelqu'un a dû prendre les coussins et le reste, dit M. Friot d'une voix soudain inquiète.

— Ce sont les vaches, papa ! s'écrie Éric en inspectant les environs comme s'il s'attendait à apercevoir des vaches s'enfuyant avec l'argenterie, les couvertures et les coussins sur leur dos.

— Arrête avec cette histoire de vaches ! s'écrie Mme Friot qui perd patience. Tu sais bien qu'il n'y a pas la moindre vache sur cette île ! Ce qu'on a entendu hier soir, c'était l'écho, voilà tout ! Mais ça me paraît quand même bizarre. J'ai l'impression que nous ne sommes pas seuls sur l'île...

Un gémissement se fait entendre. C'est Fléau : il est affolé à l'idée de rester seul dans les oubliettes et terrifié à la pensée de remonter !

— Pauvre agneau, dit Mme Friot qui a l'air

d'aimer Fléau plus que son propre fils. Qu'est-ce que tu as mon petit ?

Fléau émet une plainte encore plus lugubre et Mme Friot dégringole les marches à sa rescousse. Son mari la suit et Éric, qui n'a aucune envie de rester seul, n'hésite pas une seconde à en faire autant.

— Vite ! lance François en se redressant. Viens m'aider, Mick, on a juste le temps de prendre la valise.

Les deux garçons s'élancent dans la cour, s'emparent de la valise et reviennent en trébuchant vers Claude.

— On l'emporte à la grotte ! murmure François. Claude, reste là pour nous dire comment ils réagissent.

Les garçons disparaissent le long de la falaise, et Claude se repositionne derrière son buisson pour faire le guet. M. Friot apparaît quelques minutes plus tard pour chercher la valise. Il est ahuri quand il s'aperçoit qu'elle n'est plus là.

Il hurle :

— Angèle ! La valise a disparu !

Mme Friot est déjà dans l'escalier, Fléau sur ses talons. Éric ferme la marche. Elle examine le terrain.

— Disparu ? s'exclame-t-elle. Ce n'est pas possible !

— J'aimerais bien savoir où elle est ! renchérit M. Friot. On part une minute et hop ! elle s'envole ! Comme le reste.

— Qu'est-ce que je te disais ! Il y a quelqu'un sur cette île, j'en suis sûre, réplique Mme Friot. Et j'ai bien l'intention de savoir qui c'est. Tu as ton revolver ?

— Oui, dit M. Friot en tâtant sa ceinture. Toi, prends un gros bâton. Et je te jure que nous allons découvrir qui essaie de nous jouer des tours ! Ou je ne m'appelle pas Friot !

Claude s'éloigne discrètement pour prévenir les autres. Avant de se laisser glisser dans le trou, elle masque l'entrée de la grotte avec des ronces, puis descend raconter aux autres ce qu'elle a entendu.

François a essayé d'ouvrir la valise sans succès : elle est fermement cadenassée.

Il lève la tête quand Claude, hors d'haleine, a terminé son récit.

— On n'a rien à craindre, à moins qu'un des Friot ne tombe par le trou, dit-il. Mais maintenant, silence tout le monde ! Même toi, Dagobert !

Au bout d'un moment, ils entendent Fléau aboyer au loin.

— Chut ! fait François. Ils se rapprochent.

Les Friot examinent de nouveau le sommet de la falaise, buisson par buisson. Ils atteignent bientôt le gros taillis qui a servi de cachette aux enfants et remarquent que l'herbe a été piétinée.

— Il y a eu des gens ici ! dit M. Friot. Je me demande s'ils ne sont pas au milieu de ce fourré. Angèle, prends mon revolver pendant que je vais voir.

Éric continue à vagabonder de son côté, perdu dans ses pensées. Il se dirige vers la falaise et soudain, à son grand effroi, il s'aperçoit que le sol cède sous ses pieds. Ses jambes disparaissent dans un trou, il agrippe des ronces au passage mais ne réussit pas à s'y retenir. Il glisse toujours plus vite, toujours plus bas et... *boum* !

Éric vient de s'étaler sur le sol de la grotte. Il apparaît tout d'un coup devant Claude, François, Mick, Annie et Dagobert, sidérés. Dago veut lui sauter dessus, mais Claude le rattrape juste à temps par le collier.

Éric est paralysé par la frayeur et la douleur provoquées par la chute. Il reste couché sur le sol en gémissant, les yeux fermés.

Les enfants l'observent un instant puis échangent des regards inquiets. Désorientés, ils ne savent pas quoi faire. Dago grogne férocement... si férocement qu'Éric finit par ouvrir les yeux et découvre avec horreur les cinq paires d'yeux penchées sur lui.

Il ouvre alors la bouche pour appeler au

secours, mais la main de François l'arrête aussitôt.

— Un cri et je laisse Dagobert goûter à tes mollets ! dit François d'une voix presque aussi menaçante que le grondement de Dagobert. Compris ?

— Je ne crierai pas, dit Éric si bas que les autres l'entendent à peine. Retenez votre chien. Je vous promets de ne pas crier...

Claude se tourne vers Dagobert, en désignant le fils Friot du doigt :

— Écoute-moi bien, Dago. Si ce garçon crie, tu lui sautes dessus. Couche-toi là, et montre-lui tes crocs. S'il pousse le plus petit couinement tu peux le mordre où tu veux !

— Ouah ! fait Dagobert d'un air satisfait.

Il s'installe près d'Éric qui essaye de reculer. Mais Dago ne le lâche pas d'un pouce.

Éric lève la tête vers les enfants.

— Qu'est-ce que vous fabriquez dans cette île ? On croyait que vous étiez repartis chez vous.

— Cette île nous appartient, réplique Claude d'un ton tranchant. On a parfaitement le droit d'y être si ça nous plaît, mais pas vous ! Qu'est-ce que vous êtes venus faire ici, toi et tes parents ?

— Sais pas, répond Éric d'un ton sec.

— Tu ferais mieux de nous le dire, reprend

François. Tu ne pourras rien nous cacher : nous savons déjà que vous êtes de mèche avec les contrebandiers !

Éric est médusé.

— Des contrebandiers ? Ça alors ! Papa et maman ne m'ont rien dit. Je ne veux pas avoir affaire à des contrebandiers !

— Ils ne t'ont rien dit du tout ? insiste Mick.

— Non ! répond Éric l'air vexé. Papa et maman ne sont pas gentils avec moi. Ils ne me racontent jamais rien. Je ne connaissais pas cette histoire de contrebande, je vous le jure !

Éric est visiblement sincère.

— Ça ne m'étonne pas qu'ils n'aient pas mis cette limace dans le secret, conclut François. Tout le village aurait été au courant dans l'heure !

— Laissez-moi partir... reprend Éric, boudeur. Vous n'avez pas le droit de me retenir de force.

— Pas question, lance Claude. Tu es notre prisonnier. Si on te relâche, tu iras tout de suite prévenir tes parents qu'on est ici et on ne veut pas de ça. On a bien l'intention de déjouer leurs plans, tu vois !

Éric voit très bien. Trop bien même. Il commence à se sentir mal à l'aise.

— C'est vous qui avez ramassé les coussins et tout le reste, alors ? demande-t-il.

— Oh ! non ! Ça, c'était les vaches ! réplique

Mick. Tu sais, les centaines de vaches qui t'ont mugi au nez et qui t'ont bombardé à coups de mottes de terre ?

— Ha ha, très drôle ! grimace Éric. Alors, qu'est-ce que vous allez faire ? Je ne resterai pas ici, c'est clair !

— Mais si ! réplique François. Tu resteras jusqu'à ce qu'on ait réglé cette histoire de contrebande. Et n'oublie pas que Dagobert est là pour te faire passer l'envie de fuir !

— Vous êtes des monstres ! répond Éric en voyant qu'il n'a pas d'autre choix que d'obéir à ses adversaires. Papa et maman vont être furieux contre vous !

Au même moment, son papa et sa maman sont abasourdis. Il n'y avait évidemment personne dans le fourré et quand M. Friot a resurgi d'entre les épines, égratigné de toutes parts, il s'est mis à chercher son fils.

— Où a bien pu filer ce gamin ? dit-il.

Et il l'appelle. Mais le garçon ne répond pas. Les Friot passent un bon bout de temps à explorer la falaise et les souterrains. Mme Friot est convaincue que son fils s'est perdu dans les oubliettes et elle tente d'envoyer Fléau sur sa piste. Mais le chien ne dépasse pas la première salle. Il se souvient des bruits bizarres de la nuit précédente et refuse catégoriquement de s'enfoncer dans ces couloirs sombres et inquiétants.

Dans la grotte, François a décidé de s'attaquer à la petite valise.

— Il faut trouver un moyen de l'ouvrir, dit-il. J'ai hâte de savoir quel genre de marchandises il y a là-dedans.

— Casse les verrous, suggère Mick.

François tape sur chaque serrure l'une après l'autre avec un caillou et réussit finalement à en faire céder une. L'autre ne tarde pas à se défaire aussi et les enfants soulèvent le couvercle.

Sur le dessus est pliée une couverture ornée de petits lapins blancs brodés. François la retire, certain de voir apparaître un butin fantastique. Mais à sa grande surprise, il n'y a que des vêtements d'enfant.

Il les déplie. Il y a deux tee-shirts blancs, une jupe bleue, des sous-vêtements et un manteau chaud. Et au fond de la valise, il trouve quatre petites poupées.

— C'est incroyable ! s'exclame François. Qu'est-ce que les Friot voulaient faire de ces vêtements d'enfant ? Je ne vois pas le rapport avec de la contrebande. Je n'y comprends rien, et vous ?

Éric est aussi étonné que les autres.

— À qui sont ces poupées ? demande Annie. C'est quand même bizarre. Quel est l'intérêt de cacher sur l'île une valise pleine de vêtements et de jouets ?

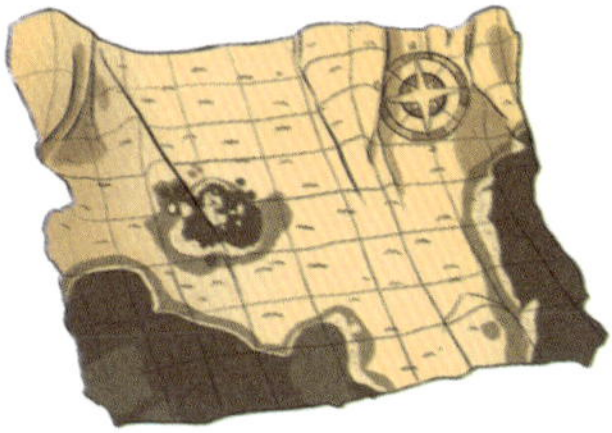

CHAPITRE 19

Un cri dans la nuit

Les questions d'Annie restent sans réponse.

— En tout cas, il se trame quelque chose de louche...conclut Mick. Vous vous souvenez des signaux que François a aperçus en mer ? Dire que on était sûrs de trouver la solution du mystère à l'intérieur de cette valise... On est encore moins avancé qu'avant !

Juste à ce moment, les enfants entendent les parents Friot appeler Éric. Mais celui-ci n'ose pas répondre car le nez de Dagobert lui frôle dangereusement la jambe.

— Tu as déjà vu le bateau qui transmet des messages en direction de l'île la nuit ? demande François à Éric.

— Non ! réplique celui-ci en secouant la tête. Une fois, maman a dit qu'elle attendait le vagabond, mais je ne sais pas si elle parlait de ça.

— Le vagabond ? dit Claude. Qu'est-ce que c'est ? Un homme ou un bateau ?

— Aucune idée, répond Éric. Je ne le lui ai pas demandé. Vous n'avez qu'à trouver vous-mêmes.

— C'est bien notre intention ! déclare François d'un ton résolu. On guettera le vagabond ce soir. Merci du renseignement.

La journée paraît longue aux enfants, sauf à Annie qui s'agite dans tous les sens pour réaménager la grotte. Elle refait les lits avec les coussins repris aux Friot et étale les couvertures par terre en guise de tapis. Quand elle a fini, la grotte est très confortable. Éric, étroitement surveillé par Dagobert, ne quitte pas la caverne. Il dort presque tout le temps, sous prétexte qu'« avec ces vaches et tout le reste », il n'a pas pu fermer l'œil de la nuit.

Les autres tiennent conseil à voix basse. Ils se mettent d'accord pour monter la garde sur la falaise deux par deux pendant la nuit afin de ne pas manquer le « vagabond », s'il se présente. C'est alors seulement qu'ils décideront quoi faire.

Le soleil se couche ; l'obscurité se fait plus

dense. Après un dîner copieux, Éric se met à ronfler doucement.

Annie et Mick prennent leur poste sur la falaise vers dix heures et demie.

À minuit et demi, François et Claude les rejoignent. Il n'y a rien eu à signaler. Les deux sentinelles redescendent dans la grotte, se glissent dans leur lit douillet et s'endorment aussitôt. Éric ronfle toujours dans son coin, sous l'œil vigilant de Dagobert.

François et Claude scrutent la mer à la recherche d'une silhouette de bateau. La nuit n'est pas très sombre, car la lune s'est levée. Tout à coup ils entendent des murmures et distinguent des ombres qui se déplacent sur les récifs.

— Les Friot ! chuchote François. Ils vont probablement à l'épave.

Il y a un bruit de rames, et les enfants aperçoivent une barque. Claude donne un brusque coup de coude à son cousin : une lumière brille assez loin de là, sur un navire dont le contour se découpe sur la mer. Puis la lune est cachée par un nuage, et tout devient noir.

Ils attendent, le cœur battant. Ce navire fantôme est-il le « vagabond » ?

— Regarde ! Il y a un autre canot, dit Claude quand la lune reparaît. Il vient du bateau qui est ancré là-bas. Il va vers l'épave. Elle doit servir de lieu de rendez-vous, tu ne crois pas ?

La lune capricieuse choisit cet instant pour se cacher de nouveau derrière un nuage et elle y reste si longtemps que les enfants sont exaspérés. Quand elle se décide enfin à éclairer à nouveau le paysage, bien des choses ont eu le temps de se passer.

— Les deux canots quittent l'épave ! s'écrie François. La réunion est terminée. Regarde, une des barques repart vers le large et l'autre vient par ici ! C'est celle des Friot. Vite, rapprochons-nous ! On les suivra dès qu'ils débarqueront !

Le bateau des Friot aborde au bout de quelques minutes. Les enfants aperçoivent peu après les deux silhouettes qui retournent au château. M. Friot transporte sur son épaule une espèce d'énorme ballot.

Les Friot entrent dans la cour en ruine et se dirigent vers l'entrée des souterrains.

— Ils vont cacher les marchandises dans les cachots, chuchote François à Claude.

Les enfants sont maintenant postés en observation derrière le mur de la cour.

— Retournons réveiller les autres. Il faut qu'on décide comment faire pour récupérer ces marchandises et prévenir la police !

Un cri aigu transperce la nuit. C'est un hur-

lement de terreur. Les enfants sont affolés. De quelle direction vient cette voix ?

— Vite, ça doit être Annie ! s'écrie François.

Ils s'élancent à toutes jambes vers le trou et se laissent glisser dans la grotte. Le silence est complet à l'intérieur. François examine les lieux avec anxiété. Mais Annie est paisiblement endormie et Mick aussi. Éric ronfle toujours et Dagobert veille sans broncher.

— Bizarre, dit François. Si c'était Annie qui avait hurlé, elle aurait réveillé les autres...

— Mais alors qui a crié ? murmure Claude, inquiète. On aurait dit quelqu'un qui avait vraiment très peur. Mais qui ?

Ils réveillent Mick et Annie et les mettent au courant.

— Pourquoi est-ce que vous avez cru que c'était moi qui criais ? demande Annie. C'était une voix de fille ?

— Oui... reprend François lentement. Et on a trouvé une valise pleine de vêtements et de jouets pour filles. Je me demande ce que tout ça signifie...

Il y a un silence. Annie prend brusquement la parole :

— Je crois que je sais. La marchandise de contrebande, c'est la petite fille ! Les bandits ont dû enlever une fillette quelque part et, en même temps, ils ont pris ses habits et ses jouets pour qu'elle puisse se changer et s'occuper. Elle est probablement sur l'île maintenant : ces brutes de Friot l'ont emmenée dans les souterrains, et c'est à ce moment que vous l'avez entendue crier !

— Je crois qu'Annie a deviné, dit François. Il n'y a pas de contrebandiers sur cette île, mais des kidnappeurs !

— C'est quoi un kidnappeur ? demande Annie.

— Quelqu'un qui enlève des enfants et les enferme quelque part jusqu'à ce que les parents aient payé une énorme rançon, explique François.

— C'est sûrement ce qui a dû se passer ! dit Claude. Des brigands ont volé une petite fille à des gens riches et l'ont amenée jusqu'à l'épave où les Friot l'ont prise en charge !

— Et c'est certainement elle que vous avez entendue crier quand les Friot sont entrés dans les souterrains, reprend Mick. Il faut absolument la sauver !

Éric s'est réveillé entre-temps et se joint à la conversation.

— De qui parlez-vous ? demande-t-il. Qui voulez-vous sauver ?

— Ça ne te regarde pas ! rétorque François.

Claude donne un coup de coude à son cousin et lui glisse tout bas :

— En tout cas, j'espère que Mme Friot est aussi inquiète pour son cher Éric que doit l'être la mère de la petite fille !

— Demain on se débrouillera pour la délivrer, dit François. Je pense que les Friot monteront la garde, mais on saura bien les éviter !

CHAPITRE 20

La prisonnière des souterrains

Le lendemain matin, François se réveille de bonne heure et grimpe aussitôt par la corde pour aller surveiller les Friot. Il les voit sortir des souterrains. Mme Friot a l'air pâle et inquiète.

— Il faut absolument retrouver Éric, dit-elle à son mari. Continuons à chercher. Il n'est pas dans les souterrains, j'en suis sûre, mais il ne peut pas être bien loin.

— Il n'est nulle part sur l'île ! réplique M. Friot. J'ai l'impression que ceux qui ont pris nos affaires ont aussi emmené Éric et sont partis en bateau.

— Alors ils l'ont certainement ramené à terre,

dit Mme Friot. On devrait y aller aussi. En attendant, j'aimerais bien savoir qui essaie de nous mettre des bâtons dans les roues. Je ne suis pas très rassurée. Pourtant, tout se passait si bien jusqu'ici...

— Ce n'est pas prudent de quitter l'île maintenant, rétorque M. Friot. Si les gens qui étaient là hier sont encore dans le coin, ils risquent de profiter de notre absence pour explorer les souterrains.

— Mais non, il n'y a personne d'autre que nous sur l'île ! riposte Mme Friot avec énergie. Éric aurait crié s'il avait été prisonnier ici. On l'aurait entendu... Je te dis qu'on l'a emmené en bateau avec le reste. Et ça m'inquiète !

— Bon, bon, grommelle M. Friot. Ce gamin est insupportable ! Il se débrouille toujours pour nous attirer des ennuis !

— Tu n'as pas honte de dire ça de ce pauvre petit ? s'étrangle Mme Friot, prise d'une soudaine tendresse pour son fils. Va savoir dans quel état il est maintenant... Il doit être mort de peur tout seul sans moi.

François est écœuré. Cette mégère hypocrite se lamente sur Éric, alors qu'elle-même retient enfermée une fillette apeurée.

— Qu'est-ce qu'on fait de Théo ? demande M. Friot d'un ton maussade. Il vaudrait mieux le laisser ici pour qu'il garde l'entrée des souterrains.

— Oui, bonne idée, il va rester là, dit Mme Friot en se dirigeant vers leur canot.

François regagne rapidement la caverne et dégringole le long de la corde si vite qu'Éric sursaute.

— Venez dehors, j'ai quelque chose à vous dire, lance François aux autres.

Il ne veut pas qu'Éric l'entende. Annie, Claude et Mick sortent donc. Ils ont préparé le petit déjeuner pendant l'absence de François et une bonne odeur de pain grillé se répand dans toute la grotte.

— Écoutez : les Friot sont partis en bateau pour voir s'ils arrivent à retrouver Éric. Mme Friot est dans tous ses états parce qu'elle pense qu'il a été enlevé et elle a peur que le pauvre petit se sente perdu tout seul.

— Ça alors ! s'exclame Claude. Et la petite fille qu'elle a kidnappée ? Elle ne s'en inquiète pas, de celle-là ! Cette femme n'a vraiment pas de cœur.

— Tu as bien raison, renchérit François. Voici ce que je vous propose : on va descendre tout de suite dans les souterrains pour délivrer la petite fille et on la ramènera à la grotte. On déjeunera, puis on partira en bateau prévenir la police et téléphoner aux parents de la fille pour leur dire qu'elle est saine et sauve.

— Qu'est-ce qu'on fait d'Éric ? demande Annie.

— J'ai une idée, intervient Claude. Si on mettait Éric à la place de la petite fille ? Vous imaginez la tête des Friot quand ils s'apercevront que leur prisonnière s'est envolée et qu'à la place, il y a leur cher petit ?

— Tu as toujours des idées géniales ! s'écrie Annie, tandis que les autres applaudissent.

— Toi, Annie, tu peux rester ici pour préparer d'autres tartines. Notre invitée aura sûrement faim... reprend François, qui sait que sa sœur déteste les souterrains.

Annie acquiesce, soulagée.

— D'accord. Je vais recouper des tranches de pain.

Le groupe retourne dans la grotte.

— Lève-toi, Éric ! Tu viens avec nous ! lui dit François. Et toi aussi, Dago !

— Où est-ce que vous voulez m'emmener ? demande Éric d'un ton soupçonneux.

— Dans un endroit très confortable, où les vaches ne pourront pas t'ennuyer, répond François. Allez, vite !

— G-r-r-r-r-r, fait Dagobert en poussant du

nez les mollets d'Éric qui se met debout sans plus rechigner.

Ils grimpent tous à la corde, même Éric qui a pourtant très peur et pense être incapable d'accomplir une telle acrobatie. Mais sous l'œil de Dago qui montre les crocs, il se hisse à toute vitesse vers le sommet et François le tire sur l'herbe de la falaise.

— Et maintenant, on y va en courant, dit François qui veut en avoir fini avant le retour des Friot.

En quelques instants, ils pénètrent dans la cour.

— Je ne veux pas descendre dans ces souterrains, dit Éric d'une voix effrayée.

— Tu iras quand même ! déclare François sèchement.

— Où sont papa et maman ? reprend Éric en jetant des coups d'œil anxieux à la ronde.

— Les vaches ont dû les emporter ! dit Claude.

Tous pouffent de rire, sauf Éric qui est pâle d'inquiétude. Il n'apprécie pas du tout ce genre d'aventure, ni ce genre de plaisanterie. En arrivant devant l'entrée des souterrains, les enfants s'aperçoivent que les Friot ont non seulement remis en place la dalle qui en bloque normalement l'accès, mais ils ont aussi entassé des pierres devant.

— Tes parents sont vraiment pénibles ! dit François à Éric. Ils ont l'art de tout compliquer. Secoue-toi un peu et aide-nous ! On va tirer tous ensemble. Allez, du nerf, il va t'arriver des ennuis si tu ne te dépêches pas un peu.

Éric se joint aux autres, et ensemble, ils parviennent à retirer les pierres. Puis ils soulèvent la lourde dalle d'entrée et aperçoivent enfin les marches qui s'enfoncent dans l'ombre.

— Voilà Théo ! s'écrie soudain Éric en désignant un buisson non loin de là.

Théo s'y est caché, terrifié par l'apparition de Dagobert.

— Ha ! Ça, il n'y a pas à dire, ce Fléau est vraiment un bon chien de garde ! dit ironiquement François. Non, Dag, ne t'approche pas de lui. Reste ici. Je t'assure que Fléau n'est pas bon à manger.

Dagobert n'a pourtant qu'une seule idée en tête : pourchasser le petit chien pelé. Puisque la chasse aux lapins lui est interdite, il aimerait au mois pouvoir se rattraper sur ce roquet !

Tout le monde descend dans les souterrains. On distingue encore sur les parois les marques à la craie que François a tracées la dernière fois qu'ils sont venus, et les enfants n'ont donc aucun mal à retrouver le chemin de la salle où ils ont découvert les lingots d'or l'été précédent. Ils se disent que la petite fille doit être enfermée dans cette salle, car celle-ci est munie d'une solide porte de bois renforcée par des verrous extérieurs.

La porte est fermée et on n'entend pas un bruit. Tous s'arrêtent tandis que Dagobert gratte le bois en gémissant. Il sent qu'il y a quelqu'un dans la pièce.

— Hou-hou ! crie François avec entrain. Ça va ? On est venus te délivrer !

Un grincement s'échappe de derrière la grosse porte, comme si quelqu'un repoussait un tabouret en se levant. Puis une petite voix dit :

— Qui êtes-vous ? Oh ! s'il vous plaît, ouvrez-moi. J'ai peur ici toute seule !

— On t'ouvre tout de suite ! crie François gentiment. Nous sommes tous des enfants ici, alors tu n'as rien à craindre.

Il repousse vivement les verrous et tire le battant de la porte. Dans la salle éclairée par une lanterne se tient une petite fille aux grands yeux noirs, pâle de frayeur. Ses cheveux brun-roux pendent en désordre autour de sa figure. Ses joues sont sales et couvertes de traces de larmes. Mick l'entoure de son bras d'un geste fraternel :

— Tout va bien maintenant. Tu es sauvée. On va te ramener à tes parents.

— Oh ! oui, je vous en prie, dit la fillette en recommençant à pleurer. Pourquoi est-ce qu'on m'a amenée ici ?

— C'est juste une mauvaise aventure, répond François, mais c'est fini, ou presque. Il ne reste que le plus amusant. Tu vas venir déjeuner avec nous dans notre grotte. Tu vas voir, c'est un endroit très sympathique

— Oh ! c'est vrai ? dit la petite fille en s'essuyant les yeux. Je veux bien venir avec vous. Vous êtes gentils. Mais je n'aimais pas les autres gens.

— Tu m'étonnes, intervient Claude. Tiens, regarde. Voilà Dagobert, notre chien. Il veut être ton ami.

— Comme il est beau, dit la petite fille en saisissant affectueusement Dagobert par le cou.

Il lui donne un coup de langue en retour. Claude est très touchée. Elle s'approche de la fillette.

— Comment tu t'appelles ?

— Élise Delors. Et toi ?

— Claude. Élise ne pense pas une seconde que Claude est une fille, car elle est habillée en short comme François et Mick, et ses cheveux sont aussi courts que les leurs, bien que plus bouclés.

Les autres enfants se présentent à leur tour, puis Élise regarde Éric, qui n’a rien dit.

— Voici Éric la Limace ! dit François en le désignant. Ce n’est pas notre ami. C'est son père et sa mère qui t’ont mise ici. On va le laisser à ta place. Ça leur fera une bonne surprise, pas vrai ?

Éric pousse un cri de terreur et essaie de s’enfuir, mais François le repousse d’une bourrade au centre de la salle.

— Chacun son tour, Éric ! Tes parents ont voulu jouer les durs et voilà ce qui arrive. Maintenant, c’est leur fils qui est enfermé. C’est tout ce qu’ils méritent, et toi aussi. Au revoir !

Éric hurle de détresse alors que François repousse les verrous.

— Je vais mourir de faim, gémit-il.

— Mais non, réplique François. Il y a plein de provisions et autant d’eau qu’il te faut.

— Fais attention aux vaches ! crie Mick, qui lance un meuglement très réussi.

Élise sursaute, car les échos le répercutent immédiatement.

— N’aie pas peur, ce ne sont que des échos, dit Claude en souriant.

Éric redouble de sanglots.

— Quel froussard ! dit François. Allons-nous-en ! J'ai l'estomac dans les talons.

— Moi aussi ! dit Élise en glissant sa petite main dans celle de François. Je n'ai rien pu avaler dans ce souterrain, mais maintenant j'ai faim. Merci de m'avoir délivrée !

François sourit :

— Mais c'est avec plaisir, tu sais. En plus on a pu mettre Éric la Limace à ta place. C'est agréable de pouvoir rendre aux Friot la monnaie de leur pièce.

Élise ne comprend pas ce qu'il veut dire, mais les autres éclatent de rire. Ils retraversent les souterrains humides et les innombrables salles creusées dans la roche. Dehors, le soleil brille.

— Oh ! dit Élise en aspirant à pleins poumons le bon air marin, comme c'est beau ici ! Où est-on ?

— Sur notre île, répond Claude. Et voilà notre vieux château. On t'a amenée ici en bateau la nuit dernière. On t'a entendue crier et c'est comme ça qu'on a deviné que tu avais été enlevée.

Ils arrivent rapidement à la falaise et Élise s'émerveille en voyant ses nouveaux amis descendre dans la grotte à l'aide de la corde à nœuds. Elle brûle d'envie d'essayer et les rejoint en bas en un rien de temps.

— Elle est vraiment gentille, dit François à Claude. Tu sais quoi ? Je crois qu'elle vient de vivre une aventure encore plus sensationnelle que la nôtre !

CHAPITRE 21

Visite à la gendarmerie

Annie trouve elle aussi Élise très sympathique. La petite fille examine la grotte avec intérêt, et pousse tout à coup une exclamation en apercevant le lit d'Annie. Sur la couverture sont installées quatre jolies poupées.

— Mes poupées ! dit-elle. Où est-ce que vous les avez trouvées ? Elles m'ont tellement manqué. Oh ! Émilie, Dorothée, Marinette, Julie ! Vous ne vous êtes pas trop ennuyées sans moi ?

Elle se précipite vers elles.

— Je m'en suis occupée, dit Annie à Élise pour la rassurer. Elles vont bien.

— Merci beaucoup, réplique joyeusement la

petite fille. Vous êtes vraiment gentils, tous. Oh ! Et quel festin !

Pour leur petit déjeuner, Annie a en effet ouvert deux grosses boîtes de pêches au sirop, elle a préparé une montagne de tartines beurrées, et à côté une jatte de chocolat chaud parfume la grotte de sa bonne odeur.

Élise s'assied et se met à manger. Elle meurt de faim. Au bout de quelques minutes, elle commence à retrouver quelques couleurs.

Les enfants bavardent en dévorant leur déjeuner. Élise raconte ce qui lui est arrivé.

— Je jouais dans le jardin avec ma nourrice. Et à un moment, elle est rentrée dans la maison pour chercher quelque chose. Alors un homme a sauté par-dessus le mur, m'a enroulée dans une couverture et m'a emportée. On habite au bord de la mer. J'ai entendu le bruit des vagues et j'ai compris qu'on m'emmenait en barque. On m'a enfermée ensuite pendant deux jours dans la cabine d'un grand bateau. Puis un soir on m'a transportée ici. Je me demande comment cet homme a pu prendre mes affaires ! Quelqu'un a dû l'aider dans la maison. Il y avait une cuisinière que je n'aimais pas du tout. Elle s'appelait Simone Friot.

— Tout s'explique s'exclame François. Ce sont bien des Friot qui t'ont enfermée ici. Cette

Simone fait probablement partie de leur famille. Quelqu'un a dû les payer pour t'enlever.

— En tout cas, ils ont bien choisi leur cachette, commente Claude. Personne n'aurait pu t'y trouver à part nous.

Ils mangent tout ce qu'Annie a préparé et boivent une deuxième ration de chocolat.

— On partira juste après le déjeuner, conclut François. Et on emmènera Élise à la gendarmerie. Tous les journaux doivent parler de son enlèvement !

— J'espère que les Friot seront pris, dit Claude, mais il y a des chances pour qu'ils disparaissent de la circulation dès qu'ils apprendront qu'Élise a été retrouvée.

— Oui, il faudra le dire aux gendarmes. Mieux vaudra ne pas trop parler de cette affaire à notre entourage avant qu'on ait mis la main sur les Friot, répond pensivement François. Je me demande où ils sont d'ailleurs.

— Je propose qu'on parte tout de suite, dit Mick. Les parents d'Élise doivent être drôlement impatients de revoir leur fille !

Ils descendent à la crique et embarquent. Claude guide le bateau au départ. Ils ne passent pas très loin de l'épave, qui enchante Élise. Elle aimerait s'y arrêter, mais les autres préfèrent ne pas s'attarder.

Ils atteignent bientôt la plage. Jean-Jacques est là et leur fait de grands signes. Il court à leur rencontre pour les aider à tirer leur canot sur le sable.

— J'allais justement venir vous voir, dit-il. Claude, ton père est revenu, mais pas ta mère. Elle va mieux mais elle ne quittera l'hôpital que dans une semaine.

— Alors pourquoi est-ce que papa est là ? demande Claude surprise.

— Il s'est inquiété parce que personne ne répondait au téléphone, explique Jean-Jacques. Il m'a demandé si je savais où vous étiez tous. Je ne lui ai rien dit, bien sûr, mais je voulais vous avertir ce matin. Il est arrivé hier soir et il a piqué une de ces crises ! Il n'y avait personne aux *Mouettes* quand il est arrivé mais la maison était sens dessus dessous et la moitié de ses biens avait disparu ! Il est à la gendarmerie en ce moment.

— Aïe ! s'exclame Claude. C'est justement là qu'on va. J'espère qu'il n'y aura pas trop d'étincelles Mon père peut être insupportable quand il est énervé !

— Ne t'en fais pas, dit François. En un sens, c'est aussi bien qu'il soit là, tu sais. On pourra tout lui expliquer en même temps qu'aux gendarmes.

Ils quittent Jean-Jacques, qui regarde Élise d'un air sceptique. Elle n'est pas partie pour l'île avec les autres, mais la voilà qui rentre par le même bateau. Il trouve cela bien mystérieux.

Les enfants entrent dignement dans la gendarmerie.

— Tiens, tiens, dit le gendarme de garde. Voilà de jeunes voleurs qui viennent soulager leur conscience. Qu'est-ce que vous avez chapardé ?

— Vous entendez ? C'est papa ! s'écrie Claude en entendant une voix forte qui résonne dans la pièce voisine.

Elle bondit vers la porte. Le gendarme la rappelle immédiatement :

— Hé là ! petite, reste ici ! Tu vas déranger le brigadier.

Mais Claude a déjà ouvert la porte. Son père se retourne et la regarde, stupéfait :

— Bon sang, Claude, mais où étais-tu ? Comment est-ce que tu as pu abandonner la maison comme ça ? Elle a été pillée de la cave au grenier. J'étais justement en train de donner au brigadier une liste de ce qui nous a été volé !

— Ne t'inquiète pas, papa, on a tout retrouvé. Comment va maman ?

— Mieux, beaucoup mieux, répond son père d'un ton encore irrité. Heureusement que vous avez réapparu, je vais enfin savoir quoi lui répondre quand elle me demandera de vos nouvelles. Elle n'a pas arrêté de me bombarder de questions et j'ai été obligé de lui raconter que vous alliez très bien alors que je ne savais même pas où vous étiez ! Je ne suis pas content du tout ! Où est-ce que vous aviez disparu ?

— Dans l'île... déclare Claude, maussade comme toujours quand son père la gronde. François t'expliquera.

François entre alors, suivi d'Élise, Mick, Annie et Dagobert. Le brigadier, qui est un homme grand et fort, aux yeux vifs sous d'épais sourcils en broussaille, les dévisage avec attention. Quand il aperçoit Élise, il sursaute et se lève brusquement.

— Comment est-ce que tu t'appelles, ma petite ? dit-il.

— Élise Delors, répond-elle.

— Quoi ? Quand je pense que toute la police a été réquisitionnée pour rechercher cette fillette ! Et la voilà qui débarque ici comme si de rien n'était.

— Comment ? demande le M. Dorsel d'un ton surpris. Qui est-ce qu'on recherche ? Ça fait plusieurs jours que je n'ai pas lu les journaux...

— Vous ne saviez pas que la petite Delors avait été enlevée ? dit le brigadier qui vient se rasseoir en tenant Élise par la main. C'est la fille de Bertrand Delors, le milliardaire. Vous en avez forcément entendu parler. Eh bien, quelqu'un l'a kidnappée et réclame une rançon faramineuse. On a fouillé toute la région pour la retrouver et la voilà, fraîche comme une rose... Où étais-tu cachée, ma mignonne ?

— Dans l'île ! François, raconte, s'il te plaît !

François explique donc leurs aventures. Le gendarme qui était dans l'autre pièce vient prendre des notes pendant qu'il parle. Tous écoutent avec attention.

Quant à M. Dorsel, les yeux lui sortent presque de la tête tellement il est étonné. Décidément, ces enfants se tirent toujours comme des chefs des situations les plus extravagantes !

— Est-ce que par hasard vous connaîtriez le nom du propriétaire du bateau qui a amené cette jeune demoiselle sur l'île ? questionne le brigadier.

— Non, répond François. On a seulement entendu dire qu'un certain « vagabond » devait venir cette nuit-là.

— Ah ! Ah ! s'exclame le brigadier d'un ton satisfait. Parfait. Nous connaissons très bien le *Vagabond*. Cela fait quelque temps que nous le surveillons parce que nous soupçonnons son propriétaire de se livrer à un drôle de trafic. Voilà de bonnes nouvelles pour nous. Reste à savoir où se trouvent les Friot et comment nous pourrons les surprendre en flagrant délit maintenant que la petite Élise est sortie de leurs griffes. Sinon ils nieront tout.

— C'est facile, réplique François. On a enfermé leur fils Éric dans la salle où ils avaient mis Élise. Si on peut s'arranger pour prévenir les Friot, ils retourneront sûrement là-bas aussitôt. Et si vous les découvrez dans les souterrains, ils ne pourront pas prétendre qu'ils ne connaissent pas l'île.

— Oui, cela simplifierait la question, dit le brigadier en appuyant sur une sonnette. Il donne un signalement détaillé des Friot au gendarme qui se présente et lui dit de surveiller la côte afin de suivre les déplacements du couple.

— Quand le gendarme sera en place, vous pourrez rejoindre les Friot pour bavarder avec eux, dit le brigadier en souriant aux enfants. Ensuite, on n'aura plus qu'à les suivre et s'ils vont dans l'île, on aura toutes les preuves nécessaires. Nous vous devons une fière chandelle. Merci. Et maintenant, nous allons téléphoner aux parents de la petite Élise pour les rassurer.

— En attendant leur arrivée, nous pouvons l'emmener, dit M. Dorsel qui n'a pas l'air encore tout à fait remis de ses émotions. J'ai demandé à Maria, notre cuisinière habituelle, de venir remettre un peu d'ordre chez nous. Il y aura donc quelqu'un pour s'occuper des enfants. D'ailleurs, ils ne quitteront plus la maison désormais !

— Écoute, papa, dit Claude d'un ton ferme, on veut bien rester aujourd'hui si tu y tiens, mais on a décidé de passer encore une semaine dans l'île jusqu'au retour de maman. Elle était d'accord, et on s'amuse beaucoup là-bas. Maria pourra faire ses rangements sans avoir à se soucier de nous.

— Ces enfants méritent une récompense, à mon avis, commente le brigadier.

Ce qui règle la question.

— Bon, conclut M. Dorsel, vous pouvez aller dans votre île, si ça vous fait plaisir, mais à condition que vous reveniez dès que ta mère sera rentrée, Claude !

— Bien sûr, papa ! J'ai hâte de revoir maman ! Mais sans elle, ce n'est pas drôle à la maison. Je préfère camper dans l'île.

— Et moi aussi, je voudrais bien y aller ! dit soudain Élise. Dites à mes parents de se dépêcher de venir, s'il vous plaît, pour que je puisse leur demander la permission de rester avec les autres.

— C'est d'accord, dit le brigadier en souriant aux cinq enfants.

Ils le trouvent tous très sympathique. Le père de Claude se lève.

— Vous êtes prêts ? demande-t-il. Alors en route pour la *Villa aux Mouettes* !

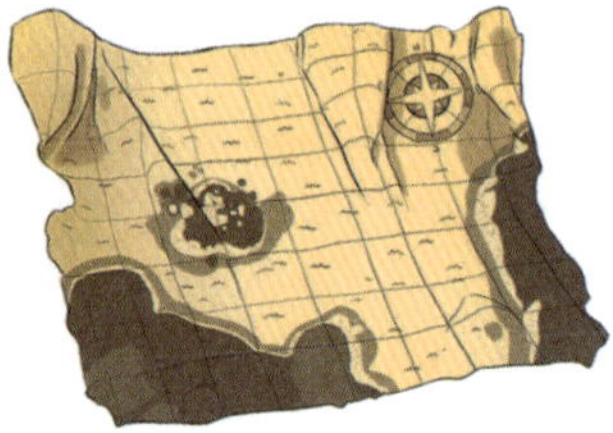

CHAPITRE 22

Capturés !

Ils arrivent bientôt à la maison. Maria les accueille chaleureusement et écoute avec surprise le récit de leurs aventures.

Ils sont tous confortablement installés dans le salon quand François aperçoit par la fenêtre une silhouette bien connue qui se glisse à pas de loup derrière la haie.

— C'est M. Friot, s'écrie-t-il en se levant d'un bond. J'y vais. Ne bougez pas, vous autres !

Il fait le tour de la maison en courant et se retrouve nez à nez avec M. Friot.

— Vous cherchez peut-être Éric ? dit-il en prenant un air mystérieux.

M. Friot, ahuri, dévisage François sans répondre.

— Vous avez regardé dans les oubliettes ? reprend François d'un ton encore plus énigmatique.

— Quoi ? Mais d'où est-ce que tu sors ? Je croyais que tu étais rentré chez tes parents !

— Occupez-vous plutôt d'Éric. Si vous tenez à le retrouver, allez donc faire un tour dans la grande salle du souterrain.

M. Friot lui jette un regard irrité et tourne les talons. François rentre téléphoner à la gendarmerie. Il est persuadé que M. Friot va rapporter la conversation à sa femme et que celle-ci se précipitera à l'aide de son fils. La police n'aura plus qu'à les suivre pour les surprendre.

Une heure plus tard, l'oncle Henri annonce qu'il doit rejoindre son épouse. Elle est certainement impatiente d'avoir des nouvelles des enfants.

— Je lui dirai juste que vous campez dans l'île, ajoute-t-il. Nous lui raconterons les détails de votre aventure quand elle reviendra à la maison, guérie.

Et M. Dorsel s'en va. Les enfants hésitent à reprendre tout de suite le chemin de l'île. Élise attend ses parents, alors ils décident de différer un peu leur départ.

À ce moment, une grosse voiture s'arrête devant la grille du jardin. Un grand homme, aux cheveux roux foncé, en descend avec une très jolie dame.

— Ce sont sûrement tes parents, Élise, dit François.

Il a vu juste. Et la petite fille reçoit tant de baisers qu'elle en perd pratiquement la respiration. Elle raconte dans les moindres détails ce qui lui est arrivé, et son père ne trouve pas assez de mots pour remercier François et les autres de ce qu'ils ont fait pour sa fille.

— Demandez-moi tout ce que vous voulez, conclut-il.

François jette un coup d'œil aux autres. Il sait qu'aucun d'eux ne désire de récompense. Élise le pousse du coude et agite violemment la tête. François éclate de rire.

— Eh bien, oui, dit-il. Il y a quelque chose qui nous plairait beaucoup.

— C'est accordé d'avance, dit le père d'Élise.

— On aimerait que vous laissiez Élise passer une semaine avec nous dans notre île !

Élise lance un cri de joie et serre très fort le bras de François. Ses parents restent interdits.

— C'est que... on vient de la kidnapper... et

nous ne voulons plus la perdre de vue, maintenant...

— Tu as promis à François que tu lui accorderais ce qu'il te demanderait, papa, dit Élise d'un ton pressant. Oh ! je t'en prie, laisse-moi y aller. J'ai toujours rêvé de vivre dans une île. Et, sur celle-ci, il y a une grotte magnifique et un splendide château en ruine avec des oubliettes où j'ai été enfermée...

— Et on emmènera notre chien Dagobert avec nous, ajoute François pour les rassurer. Il est très fort, vous savez ! On n'a rien à craindre quand Dagobert est là, pas vrai, Dag ?

— Ouah ! répond Dagobert avec conviction.

— Dans ce cas, d'accord. Mais à une condition, finit par dire le père d'Élise, c'est que ta mère et moi, nous visitions l'île demain pour être sûrs qu'il n'y a aucun danger.

— Oh ! merci, papa ! s'écrie Élise qui se met à danser de joie. Toute une semaine sur l'île de Kernach avec mes nouveaux amis et le chien Dagobert !

— Est-ce qu'Élise peut rester avec nous maintenant ? demande Claude. Vous avez trouvé un hôtel dans le coin, je suppose ?

Les parents d'Élise s'en vont à la gendarmerie pour régler les dernières formalités concernant l'enlèvement de leur fille, pendant que les enfants se ruent auprès de Maria pour lui demander si elle peut préparer des crêpes pour le goûter.

Peu de temps après, une bonne odeur de galettes chaudes embaume la maison. Tout à coup, quelqu'un frappe à la porte. C'est un grand gendarme qui veut parler à François.

— Nous aurions besoin d'un coup de main, dit-il. Les Friot viennent de partir pour l'île. Comme nous ne connaissons pas bien les eaux de la baie, nous aimerions que toi ou Claudine veniez nous guider.

— Claude, pas Claudine ! rectifie vivement la petite fille.

— Toutes mes excuses, dit le gendarme en souriant. Alors, qui m'accompagne ?

— Nous venons tous ! s'écrie Mick avec entrain. L'île me manque déjà. On reviendra chercher les parents d'Élise demain.

Le gendarme hésite un peu à embarquer tant de gens dans son bateau, mais les enfants insistent, et, comme il n'y a pas de temps à perdre, les cinq enfants et les trois gendarmes finissent par s'entasser dans le zodiac, sans compter Dagobert qui s'installe aux pieds de Claude. Celle-ci dirige la manœuvre avec son habileté habituelle, et le bateau aborde bientôt dans la petite crique sablonneuse.

— Maintenant, plus un bruit, dit François.

Ils progressent en silence au milieu des ruines et aboutissent dans la cour sans avoir vu l'ombre d'un Friot.

— Descendons ! dit François. J'ai ma lampe électrique. Je pense que les Friot sont déjà dans les oubliettes en train de délivrer leur cher Éric.

Tous s'engagent silencieusement dans les sombres souterrains. Cette fois Annie est de la partie.

Ils atteignent enfin la porte de la salle où les enfants ont emprisonné Éric. Elle est toujours verrouillée.

— Tiens, dit François, les Friot ne sont pas encore arrivés.

Dagobert gronde tout bas, et Claude chuchote :

— Écoutez ! Il y a quelqu'un qui vient. Cachons-nous. Je parie que ce sont les Friot.

Ils se dissimulent dans le cachot voisin. Des pas résonnent de plus en plus proches, puis les enfants entendent la voix de Mme Friot qui dit avec colère :

— Si jamais Éric est enfermé là-dedans, ça va barder. Oser enfermer comme ça un pauvre petit innocent, c'est incroyable ! Et puis où est la petite fille maintenant, hein ? À mon avis, c'est nos complices qui nous ont joué un tour pour ne pas avoir à nous payer. Ils nous avaient promis l'argent à condition que nous gardions la petite une semaine. Ils ont dû envoyer quelqu'un pour la reprendre et mettre Éric à sa place.

— C'est possible, dit M. Friot. Mais ça ne nous dit pas pourquoi François était au courant. Il y a des choses qui m'échappent.

Les Friot sont arrivés devant la porte, Fléau sur leurs talons. Le petit chien sent la présence des enfants et de leurs compagnons et il gémit de peur. M. Friot lui décoche un coup de pied.

— Tais-toi. Cet écho est déjà assez pénible !

Mme Friot appelle :

— Éric ! Tu es là ?

— Oui, maman, je suis là, crie Éric. Ouvre-moi vite, j'ai peur !

Mme Friot tire vivement les verrous et ouvre la porte. Éric bondit vers elle. Il est sur le point de fondre en larmes.

— Qui est-ce qui t'a mis là ? demande Mme Friot. Dis-le-nous et ton père ira casser la figure à ces monstres ! Enfermer un pauvre enfant sans défense dans un caveau pareil, quelle cruauté !

— Oui, vous avez raison, Angèle Friot, réplique une voix grave.

Les Friot voient alors surgir de l'ombre la silhouette colossale d'un gendarme. Ils n'ont jamais eu si peur de leur vie.

— C'est vraiment odieux, en effet, d'emprisonner un enfant dans un endroit pareil, et pourtant, c'est ce que vous avez fait. Je me trompe ? Vous avec enfermé Élise Delors ! Votre fils, lui, savait qu'il ne risquait rien. Mais la petite mourait de peur.

Mme Friot reste figée sur place, ouvrant et refermant la bouche comme un poisson rouge tombé de son bocal. Elle est incapable de dire un mot. M. Friot pousse un cri de rat qu'on écorche.

— Nous sommes pris ! C'était un piège !

Éric se met à sangloter comme un bébé, ce qui exaspère les autres enfants. Les Friot les aperçoivent subitement quand François allume sa lampe électrique.

— Mais... Qu'est-ce que ces enfants font là ! s'exclame M. Friot avec stupeur. Qu'est-ce qui se passe ? Qui a enfermé Éric ?

— On vous répondra à la gendarmerie, réplique le gendarme. Allez, suivez-nous sans faire d'histoire !

Les Friot obéissent sans résister. Éric pleure tout bas. Il imagine déjà ses parents en prison et lui-même dans une école sévère d'où il ne pourra pas sortir pour voir sa mère pendant des années.

— Si ça ne vous dérange pas, on préfère rester sur l'île, dit François poliment aux gendarmes. On veut passer la nuit ici. Vous pourriez repartir

avec le canot des Friot. Ils connaissent très bien le chemin. Et n'oubliez pas leur chien. Regardez, il est là. Nous, on l'appelle Fléau !

On trouve vite le petit bateau, et les gendarmes s'y embarquent avec les trois Friot. Fléau ne se fait pas prier pour partir avec eux. Il est heureux d'échapper aux regards féroces et aux crocs menaçants de Dagobert.

François pousse le bateau à l'eau.

— Au revoir ! crie-t-il, et les autres enfants agitent la main. Au revoir, M. Friot ! Au revoir, Mme Friot ! Surveillez bien Éric au cas où quelqu'un voudrait encore l'enlever ! Adieu, vieille limace ! Au revoir, Fléau, prends vite un bain !

Les gendarmes répondent à leurs adieux en riant, mais les Friot restent immobiles et muets. Ils sont furieux et essayent de deviner ce qui a bien pu faire échouer leurs plans. Le bateau dépasse un gros rocher et il est bientôt hors de vue.

— Hourrah ! Ils sont partis, crie Mick. On a enfin l'île pour nous tout seuls ! Viens vite la visiter, Élise ! On va bien s'amuser !

Les cinq enfants s'éloignent en courant, joyeux et libres comme l'air, ravis à l'idée de passer une semaine entière, seuls avec leur chien sur cette île qu'ils aiment tant.

FIN

Tu as aimé cette histoire ?
Retrouve toutes les aventures du **CLUB DES CINQ**
en Bibliothèque Verte !

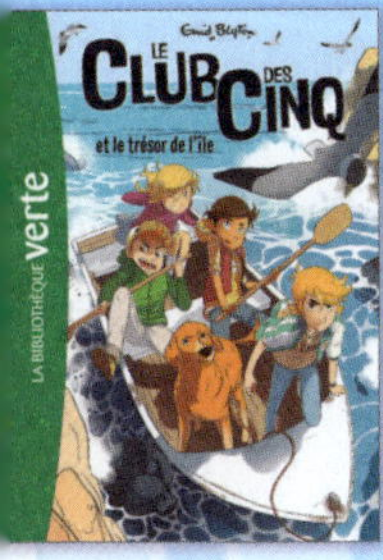

Tome 1

Tome 2

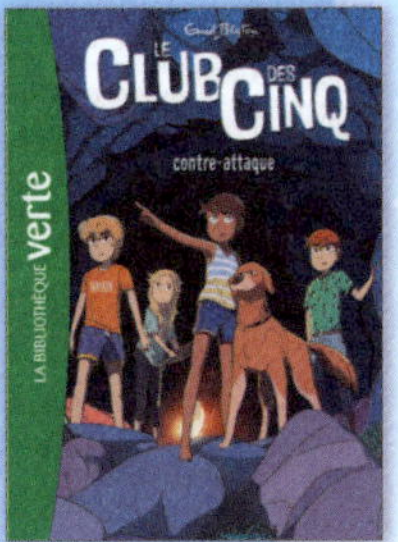

Tome 3

Tome 4

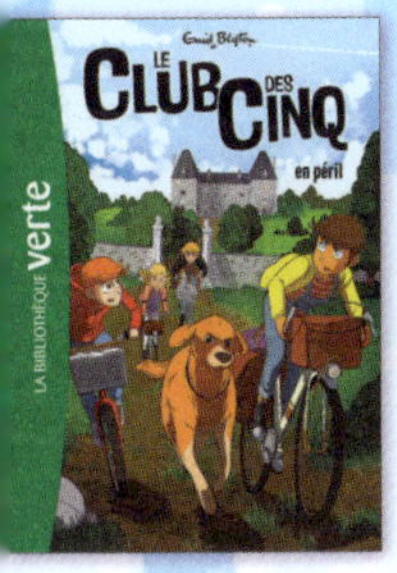

Tome 5

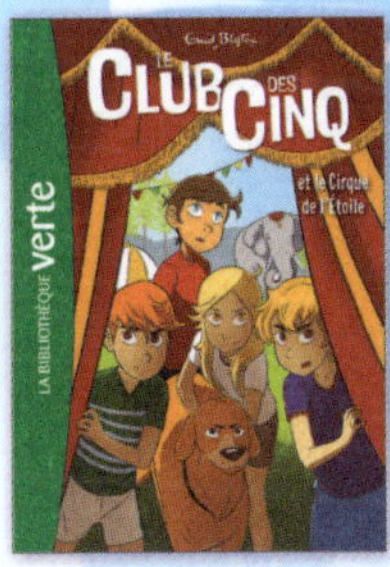

Tome 6

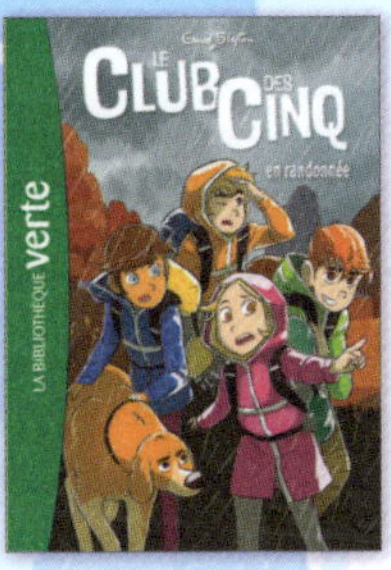

Tome 7

Tome 8

Tome 9

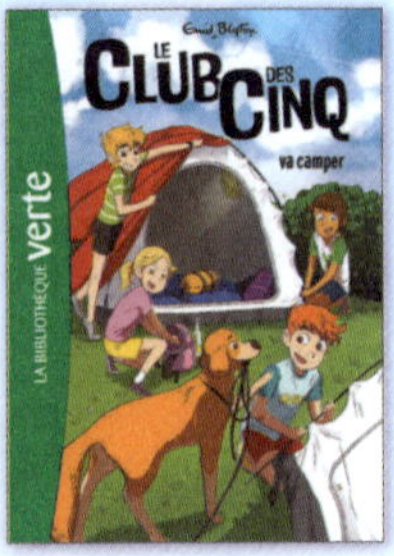

Tome 10

Table

hachette s'engage pour l'environnement en réduisant l'empreinte carbone de ses livres. Celle de cet exemplaire est de :
400g éq. CO_2
Rendez-vous sur www.hachette-durable.fr

PAPIER À BASE DE FIBRES CERTIFIÉES

Photogravure Nord Compo - Villeneuve-d'Ascq
Imprimé en Roumanie par Rotolito Romania
Dépôt légal : mars 2019
Achevé d'imprimer : septembre 2020
60.7043.6/11 – ISBN 978-2-01-707214-0
Loi n° 49956 du 16 juillet 1949
sur les publications destinées à la jeunesse